폴리스맨, 학교로 출동!

SEOUL, 2010

폴리스맨, 학교로 출동!

초판 제1쇄 발행일 2010년 10월 25일
초판 제6쇄 발행일 2017년 1월 5일
지은이 이명랑
발행인 이원주 발행처 (주)시공사
주소 서울시 서초구 사임당로 82
전화 영업 2046-2800 편집 2046-2821~4
인터넷 홈페이지 www.sigongsa.com

ⓒ 이명랑, 2010

이 책의 출판권은 (주)시공사에 있습니다. 저작권법에 의해
한국 내에서 보호받는 저작물이므로 무단 전재와 무단 복제를 금합니다.

ISBN 978-89-527-5991-7 43810
ISBN 978-89-527-5572-8 (세트)

*시공주니어 홈페이지 회원으로 가입하시면 다양한 혜택이 주어집니다.
*잘못 만들어진 책은 구입하신 서점에서 바꾸어 드립니다.

폴리스맨, 학교로 출동!

이명랑 지음

시공사

차례

제1장	저요? 폴리스맨입니닷!	7
제2장	앞으로 갓!	26
제3장	적과의 동침	49
제4장	최고의 방어는 공격	81
제5장	이런, 젠장!	115
제6장	일주일만 시간을 주십시오!	153
제7장	백전백패	180
제8장	심야의 구출 작전	202
제9장	폴리스맨, 학교로 출동하다!	221
작가의 말		253
추천의 말		257

제1장
저요? 폴리스맨입니닷!

오스스, 온몸에 소름이 돋았다. 창으로 쏟아져 들어오는 햇살, 창밖에서 들려오는 새 소리……. 햇살? 햇살이라고? 대체 지금이 몇 시야? 벌써 해가 떴다는 거잖아?

"앗!"

머리보다 몸이 먼저 반응을 해 버리고 말았다. 나도 모르게 침대를 박차고 일어섰다. 탁상시계는 배를 드러내 놓은 채 방바닥에 나자빠져 있었다. 자세히 보니, 6시를 가리키고 있었다. 역시 늦잠을 자고 만 거였다.

학교 가기 전에 영어 듣기 연습을 하려면 늦어도 5시 30분에는 일어나야 하는데…….

나는 후다닥 책상 앞에 가서 앉았다. 내 손은 자동적으로 카세트테이프의 플레이 버튼을 눌렀다. 눈은 책꽂이에 꽂혀 있는 영어책을 찾았다. 테이프가 돌아가자마자 내 입은 기계적으로 테이프를 따라 했다.

"The death of the kind of childhood that we had in the 20th century where the child……."

눈곱 때문에 앞이 잘 보이지 않았다. 나는 영어 테이프를 따라 하며 손으로 눈곱을 뗐다. 눈곱을 떼면서도 혹시나 영어 문장을 놓치고 지나갈까 봐 불안했다. 테이프보다 더 빠른 속도로 영어 문장을 소리 내어 따라 읽었다.

"The child actually was allowed to be bored…… 이런 젠장! 또 따라 하고 있었잖아!"

나는 탁, 소리가 나게 영어책을 덮었다. 시곗바늘은 6시 18분을 가리키고 있었다. 지각을 하려면 한참 더 늑장을 부려야 할 판이다. 화가 치밀기 시작했다. 어젯밤에도 잠들기 전에 자명종을 5시 30분에 맞추다 말고 집어 던지지 않았던가? 왜? 어째서 5시 30분에 일어나야 된단 말인가?

이제부터 모범생 같은 건 개에게나 던져 주겠다고 몇 번씩이나 결심했으면서 왜? 왜 또 눈뜨자마자 영어책 같은 걸 읽고 말았지?

스스로가 한심해서 견딜 수 없었다.

나는 책상 위의 영어책을 노려봤다. 카세트테이프에서는 여전히 영어 테이프가 돌아가고 있었다.

"The engagement that they have with other young people……."

맴맴맴, 귓속에서 영어 문장이 맴돌았다. 내 입은 마음과는 달리 또 자동으로 영어 문장을 따라 하고 있었다.

나는 이런 내가 견딜 수 없는 것이다!

벌떡 일어나 카세트테이프에 꽂혀 있는 영어 테이프를 꺼냈다. 발로 밟았다. 그래도 분이 풀리지 않았다. 사과를 쪼개듯 반으로 쪼갰다. 내장이 튀어나오듯 사각의 플라스틱 속에서 갈색의 긴 필름이 튀어나왔다.

나는 필름을 잡아 뜯었다. 수십 번 되풀이해서 듣는 동안 늘어나 버린 테이프에서 흘러나오던 원어민의 목소리처럼, 갈색의 필름은 내 손에서 엿가락처럼 길게 늘어지다 끊어져 버렸다.

"네가 뭐야! 네까짓 게 뭔데……."

나는 필름이 끊어진 테이프를 든 채 울부짖었다. 나도 어쩔 수 없는 내가 싫어서 견딜 수가 없었다.

내가 견딜 수 없는 나는, 5시 30분이면 일어나 영어책을 읽는다. 눈뜨자마자 눈곱도 떼지 않은 채 영어 테이프를 따라 하고, 잠깐 화장실에 다녀온 뒤 다시 30개의 영어 문장을 외운다. 그런 다음에야 비로소 기지개를 켠다.

그것이 나, 윤현상이다!

다섯 살 때부터 그렇게 살아왔다.

그리고 지금, 17세가 된 나, 윤현상은 아침마다 벌떡 일어나 영어 테이프를 따라 하고, 영어 문장을 통째로 암기해야만 비로소 하루를 시작할 수 있는 '나'를 증오하고 있는 것이다. 늘 반장이었으며 어려서부터 각종 영어 대회에서 상이란 상은 전부 휩쓸고 다닌 '모범생'을 밟아 주려는 것이다.

나는 침대에 벌렁 누워 버렸다.

째깍째깍.

시계의 초침 소리가 턱없이 크게 울려 퍼졌다. 내 안의 모범생이 안절부절못하기 시작했다.

시간은 금이야. 빨리 일어나서 영어 단어를 외워. 1분 1초를 쪼개 가며 열심히 공부해야만 살아남을 수 있어!

째깍째깍.

빨리 일어나! 일어나란 말이야. 네 경쟁자들은 지금 벌써 일어나 공부를 하고 있을걸? 넌 정말 이대로 좋은 거야? 낙오자가 되면 어쩌려고 그래!

내 안의 모범생은 계속 나를 찔러 댔다. 닦달을 해 댔다.

나는 벌떡 일어났다. 허공에 대고 주먹을 날렸다. 땀이 흘러내릴 때까지 주먹을 날렸다. 그래도 녀석은 멈추지 않았다.

낙오자, 낙오자, 낙오자!
"그래, 나는 낙오자다!"
이 낙오자는 허공에다 대고 주먹질을 하며 오늘은 반드시 지각을 하고 말겠다고, 이를 악물었다.
"뭐야? 겨우 지각 한 번 하는 걸 갖고 이 악물며 결심까지 한단 말이야?"
나는 속 편하게 낙오자도 될 수 없는 인간인 것이다!
그런 내가 싫어서 나는 계속 주먹을 날렸다. 멈출 수가 없었다.

교문 앞에 선도부 아이들이 진을 치고 있었다. 하나같이 굶주린 맹수의 눈초리로 먹잇감을 찾고 있었다. 운동장에서는 벌써 몇몇 아이들이 오리걸음을 하고 있었다. 보나마나 복장 불량이거나 지각을 한 낙오자들이 뻔했다.
어차피 낙오자라면 낙오자답게 살아야지.
나는 자전거를 세워 두고 교문을 향해 걸어갔다. 어깨를 쫙 폈다. 한 걸음 떼다 말고 걸음을 멈췄다. 지각한 놈치고는 복장이 너무 단정했다. 내 안의 모범생이 또 시키지도 않은 일을 먼저 해 버린 거였다. 이 꽉 막힌 모범생은 교복 단추를 하나도 남기지 않고 끝까지 채웠으며, 머리는 단정히 빗어 넘기고 있었다.

왜? 어째서 너는 이토록 모범적이란 말이냐!

나는 서둘러 교복 상의의 단추를 풀어 헤쳤다. 잘 빗어 넘긴 머리를 마구 헝클었다. 그러고도 또 뭐가 부족한지 살폈지만, 진정한 낙오자처럼 보이려면 뭘 더 해야 하는지 잘 떠오르지 않았다. 마침 어떤 녀석이 헐레벌떡 교문 앞으로 뛰어와 선도부 아이들에게 봉변을 당하고 있었다.

"야, 1학년! 너는 1학년이 복장이 이게 뭐야? 어쭈? 신발 봐라."

선도부 아이들에게 붙잡힌 녀석은 내가 봐도 심했다. 녀석은 새 둥지를 연상시키는 머리에 노란 얼룩이 잔뜩 묻은 바지를 입고 있었다. 신발도 엉망진창이었다. 게다가 구겨 신고 있었다.

오호라. 바로 저거야.

나는 재빨리 운동화를 구겨 신었다. 운동화 앞부분에 퉤, 퉤, 침까지 뱉었다. 그렇게 해 놓고 보니 그나마 복장 불량에 해당될 만한 꼴이 되었다.

나는 다시 어깨를 쫙 폈다. 가슴을 내밀었다. 두 눈을 부릅떴다. 누구든 걸리기만 해 봐라, 하며 먹잇감을 찾는 선도부 애들을 향해 걸어갔다. 가능한 천천히, 신경전을 벌이면서.

"어? 저 녀석 봐라? 거기 1학년 안 뛰어와? 지각한 놈이 아예 배짱이네, 저거."

오호라. 나는 속으로 쾌재를 불렀다. 어차피 지각인데 뭣하러 뛴단 말인가? 어차피 낙오자가 된 몸, 왜 아침부터 비지땀을 흘리며 노력한단 말인가?

나는 천천히, 더할 수 없이 느리게 걸었다. 교문 앞을 장악한 선도부 아이들은 내가 여전히 늑장을 부리자 길길이 화를 냈다. 녀석들은 두 눈을 빨갛게 불태우며 나를 노려봤다. 심지어 어떤 녀석은 나를 향해 달려오기까지 했다. 나는 나를 향해 달려온 녀석에게 순순히 내 목을 내주었다. 녀석은 내 멱살을 잡고 흔들었다. 나는 순순히 흔들려 주었다. 사방에서 빠르기와 높낮이가 제각각인 목소리들이 날아왔다.

"복장 봐라."

"운동화 봐라."

"이런 녀석은 정신 개조가 필수다."

나를 향해 내뱉은 말이겠지만 정작 나는 조금도 신경 쓰지 않았다. 어쨌든 정신 개조용 욕지거리를 1,000밀리리터 우유를 마시듯 벌컥벌컥 들이켜고 난 뒤에야 비로소 나는 풀려났다.

"오리걸음 다섯 바퀴!"

선도부 녀석의 마지막 말이 내 뒤통수를 후려쳤다.

오리걸음을 하다니! 나, 윤현상이 아침부터 오리걸음을 하다니!

어느새 나는 미소를 짓고 있었다. 나는 천천히 운동장을 향해 걸어갔다. 내 앞에는 온갖 낙오자들만 모인다는 이 K고에서도 낙오자가 된 녀석들이 오리걸음을 하고 있었다. 나는 녀석들 틈으로 끼어들어 함께 오리걸음을 했다. 그제야 내가 낙오자가 되었다는 실감이 났다.

그래, 내 자리는 여기다.

오리걸음도 하나 제대로 못하는 낙오자들 무리에서 비로소 내 자리를 찾은 듯한 이상한 기쁨을 느꼈다.

드디어 내가 지각을 했다! 드디어 내가 벌을 받았다!

일어나서 만세라도 부르고 싶은 심정이었다.

나는 터져 나오려는 웃음을 참으며 엉덩이를 실룩실룩, 앞으로 기어갔다.

"야! 너, 몽정했냐? 처음인가 보네? 짜식, 벌 받으면서도 히죽거리는 걸 보니, 죽이는 거였냐? 내가 더 죽이는 거 보여 줄까?"

난데없이 웬 녀석이 실실거리며 내 옆으로 다가왔다. 누군가 봤더니, 좀 전의 새 둥지였다. 녀석은 괜히 친한 척 말을 붙이며 종이 쪼가리를 내 손에 쥐어 주었다.

뭔가 하고 봤더니, 세상에!

발가벗은 여자였다.

나도 모르게 주위를 살폈다. 나도 어찌할 수 없는 내 안의 모범생은 녀석이 건네준 종이 쪼가리를, 아니 발가벗은 여자를 손에 쥐고 있다는 사실만으로도 식은땀을 흘렸다.

나도 모르게 종이 쪼가리를 반으로 접었다. 그리고 얼른 녀석에게 돌려줬다.

"쳇! 생각해서 줬더니."

녀석은 종이 쪼가리를 제 바지 주머니에 쑤셔 넣었다. 그러고는 "나는 자유 지상주의자지. 프리맨이라고 불러라." 하면서 악수까지 청하는 것이었다.

나는 들은 척도 안 했다. 악수는 물론 하고 싶지 않았다. 나는 녀석이 그저 나를 내버려 뒀으면 싶었다. 나는 모범생에서 진짜 낙오자로 추락해 버린 이 아침의 기쁨을 나 혼자 만끽하고 싶었다. 아니…… 사실 아직은 이런 식의 추락에 익숙하지 않았다.

그러거나 말거나, 녀석은 계속 지껄여 댔다.

"몽정에는 내가 일가견이 있지. 내가 좀 성숙하잖아. 얼굴만 봐도 척이야. 처음 했을 때가 5학년 땐가…… 아무튼 신기하고 겁나고, 겁이 나면서도 신기하고, 하루 종일 괜히 실실거리고 다녔지. 짜식, 너처럼 말이다."

녀석은 다 안다는 듯이 나를 홀깃거렸다. 그 눈길에 순간,

몸이 확 달아올랐다. 몽정이라니? 그것도 5학년 때! 이 녀석이 첫 몽정을 했다던 초등학교 5학년 때 나는 대체 뭘 했나? 몽정은커녕 남자랑 여자랑 어떻게 애를 만드는지도 알지 못했다. 이 녀석이 첫 몽정을 했다던 그 해에 나는…… 진짜 뭘 하고 있었지? 영어 단어 외운 것밖에 생각 안 나잖아!

나는 엉덩이를 실룩실룩, 좀 더 빠르게 실룩거리며 앞으로 기어갔다. 녀석을 떼 버리려고 말이다. 녀석의 첫 몽정이 내게 가져다준 열등감에서 벗어나려고 말이다. 그런데 이 녀석은 오리걸음에 이골이 났는지 내가 죽어라 엉덩이를 실룩거려도 금방 나를 따라잡았다. 땀 한 방울 안 흘렸다.

"야! 거기 1학년들! 죽고 싶냐? 벌 받으면서도 자꾸 떠들래? 엉!"

선도부 녀석이 소리를 질러 댔다. 나는 나한테 하는 말인 줄은 꿈에도 몰랐다. 17년을 살아오며 단 한 번도 지적이란 걸 받아 본 적 없는 모범생이 바로 나였다. 나는 그저 실룩실룩, 엉덩이만 죽어라 실룩거리며 앞으로 기어가고 있었다. 그런데 난데없이 눈앞에서 별이 반짝거렸다.

교문에서부터 달려온 선도부 녀석이 콧구멍으로 엄청난 분량의 증기를 내뿜으며 내 머리를 쥐어박았다. 녀석이 서 있던 각도에서 보면 새 둥지 녀석의 얼굴은 안 보이고 떠드는 소리만 들렸던 거다. 녀석은 쫑알쫑알 떠든 장본인이 나라고 생각했던 거다.

 으이씨.

 머리를 쥐고 인상을 찌푸렸더니 선도부 녀석은 콩콩콩, 내 머리를 몇 대 더 쥐어박았다. 그러고는 운동장의 오리들을 향해 외쳤다.

 "교실로 뛰어갓!"

 운동장을 기던 오리들은 선도부 녀석이 하나, 둘, 셋을 세기도 전에 벌써 교실로 뛰어 들어갔다. 옆에서 쫑알거리던 새 둥지도 보이지 않았다. 운동장에는 나만 덩그러니 남아 있었다.

 선도부 녀석이 다시 소리를 질렀다.

 "거기, 너! 안 들어갓!"

 누구? 나?

 나는 주위를 둘러봤다. 사방에는 정말 아무도 없었다. 그러니까 선도부 녀석은 나를 향해 소리를 질러 대고 있었던 거다. 낙오자들만이 모인다는 K고, 이 K고에서도 낙오되어 벌을 받던 진정한 낙오자들, 그중에서도 나만 혼자 낙오가 되다니!

 "으하하하! 으하하!"

 결국 나는 참지 못하고 웃음을 터트리고야 말았다.

 "이게 진짜…… 너, 지금 해보자는 거야? 엉?"

선도부 녀석은 내 웃음의 의미를 제멋대로 해석하고는 성난 멧돼지처럼 날뛰기 시작했다. 그러거나 말거나, 나는 웃음을 멈출 수 없었다.
퍽— 퍽— 퍽.
정신을 차렸을 땐, 별이 반짝거렸다.
나는 선도부 녀석에게 먹살을 잡힌 채로 운동장 한쪽으로 끌려가 내 생애 처음으로 이른 아침의 별천지를 경험했다.
완전히 얼떨떨했다.
약간 맛이 간 상태로 나는 교실에 들어갔다.
"고자로 만들어 버려!"
교실 문을 열자마자 멧돼지들이 떼로 몰려왔다.
우당탕 쾅쾅!
"크허헉!"
"푸하하하!"
비명과 웃음소리가 한데 어우러져 무어라 형용할 수 없는 괴기한 난장판을 연출하고 있었다.
교실 뒤쪽으로 떼로 몰려간 멧돼지들이 한 녀석을 사방에서 붙들고 있었다. 성난 멧돼지들의 사냥감은 좀 전의 새 둥지였다. 저 녀석 자주 눈에 띄는군, 하고 생각하는데,
"고자로 만들어 버려! 고자로 만들어 버려!"
멧돼지들이 합창을 해 댔다. 그러자 멧돼지들에게 팔다리를

붙들린 새 둥지가 살려 달라고 애원하기 시작했다.

"안 돼! 안 돼! 제발, 하지마—앙!"

새 둥지는 계집애처럼 콧소리를 내고 있었다. 새 둥지가 콧소리를 내자 멧돼지들은 이성을 잃은 듯했다. 너나도 뒤질세라 녀석의 바지 앞쪽을 주물럭거리기 시작했다. 멧돼지들에게 팔다리를 붙잡힌 새 둥지는 처음엔 으으으, 신음을 하며 온몸을 비틀어 대더니 나중에는 못 참겠다는 얼굴로 깔깔깔 웃어 댔다. 그러자 멧돼지들은 저희들이 더 간지럽다는 듯이 사지를 비틀며 더 열심히 새 둥지의 바지 앞쪽을 돌아가며 주물럭거렸다. 그러자 새 둥지는 다시 "으으으.", "깔깔깔."을 되풀이했다.

K고의 1학년 1반.

그곳은…… 진정한 별천지였다.

"너희한테도 비전(vision)이 있을 거 아냐? 다른 과목도 아니고 영어 시간에 졸다니! 이게 말이 되니? 대학에 가겠다는 생각이 조금이라도 있는 거야? 1교시부터 졸다니 썩어도 이렇게 썩을 수가 있어? 스카이는 아니더라도 최소한 4년제 대학에는 들어가야 할 거 아냐? 대학도 안 나와서 뭘 어쩌려고?

스카이에 가겠다는 애들은 이렇지 않아…… 스카이…….”

1교시는 영어 시간이었다. 모두가 우러러 마지않는 스카이를 졸업한 영어 선생은 말끝마다 '스카이'였다. 스카이에 가겠다는 애들치고 영어 못하는 애들 없다. 스카이에 가려는 애들은 어려서부터 다섯 시간 이상 자지 않는다. 스카이에 가는 애들은 비전을 가지고 있다. 스카이에 가는 애들은 자기 관리에 철저하다…… 스카이. 스카이, 스카이!

영어 선생의 스카이 위로 우리 엄마, 용 여사의 스카이가 겹쳐졌다. 스카이에 가려면 이 정도로는 어림없어. 스카이에 가려면 영어는 필수야. 스카이를 나와야 외교관이 될 수 있지. 스카이에 들어가려면 일단 외고에 꼭 합격해야 돼. 외고에 가려면 영어도 중요하지만 수학도 전국 상위권에는 들어야 해. 스카이에 가려면…… 스카이, 스카이, 스카이!

"스카이, 스카이, 스카이! 그놈의 스카이!"

제정신이 들었을 땐, 모두 나를 쳐다보고 있었다. 방금 전, 교실을 뒤흔들어 놓은 그 쩌렁쩌렁한 목소리! 그 목소리는 영어 선생의 목소리가 아니었다. 바로 내 목소리였다.

안 하던 짓을 하면 죽는다더니, 내가 꼭 그랬다. 생전 처음 지각을 하고, 생전 처음 아침의 별천지를 경험하더니, 뿔싸 뿔싸 아뿔싸!

"너, 너…… 지금 뭐 하는 짓이야!"

영어 선생이 부들부들 떨고 있었다.

"감히…… 감히……."

영어 선생은 부들부들 떠느라 말도 제대로 잇지 못했다. 어찌나 심하게 떨어 대는지, 들고 있던 영어책이 바닥에 떨어져 버리고 말았다.

"선생님, 책 떨어졌는데요?"

삐죽삐죽 위로 솟아오른 머리통 하나가 갑자기 영어 선생 앞으로 튀어 나갔다. 또 새 둥지였다. 새 둥지는 바닥에 떨어진 영어책을 주워들고는 앉은 채로 엉거주춤하게 고개를 위로 쳐들었다.

"너, 너…… 지금 뭐 하는 짓이야!"

영어 선생은 새 둥지가 위로 들어 올린 영어책으로 다짜고짜 새 둥지의 머리통을 두들겨 팼다.

"감히…… 감히 선생님 치마 속을 훔쳐봐? 너 같은 녀석은 맞아도 싸!"

영어 선생의 막무가내는 '1학년 1반의 성난 멧돼지들 저리 가라'였다. 새 둥지가 머리를 감싸 쥐고 아무리 아니라고 외쳐도 소용없었다.

"아니라니까요─옹!"

새 둥지의 입에서 다시 또 예의 그 콧소리가 흘러나왔다. 그러자 영어 선생은 자기를 놀린다고 생각했는지 더 빠르게,

더 강하게 영어책을 휘둘러 댔다. 어느새 위로 삐죽삐죽 솟아 있던 새 둥지의 머리가 납작해져 있었다.
"하나같이 썩은 녀석들! 아침부터 졸기나 하고, 여선생님 치마 속이나 훔쳐보는 놈들이 스카이는 무슨 스카이야!"
영어 선생의 입에서 다시 또 스카이가 터져 나왔다.
"스카이, 스카이, 스카이!"
누군가 스카이를 외쳐 댔다. 좀 전의 나처럼.
"누구야!"
영어 선생은 새 둥지의 머리를 납작하게 만들다 말고, 고개를 홱 돌려, 나를 째려봤다.
누구? 저요?
나는 세차게 고개를 내저었다. 영어 선생은 그래도 믿지 못하겠다는 얼굴로 나를 째려보다 다시 영어책을 허공으로 들어 올렸다.
탁, 소리가 울려 퍼지며 새 둥지의 머리 위로 영어책 속의 영 단어들이 쏟아져 내리는 순간 교실에는 다시,
"스카이! 스카이! 그놈의 스카이!"
하는 소리가 울려 퍼졌다.
이제 그 소리는 한 사람의 목소리가 아니었다. 한창 변성기라 목소리 굵은 멧돼지들 모두가 한마음으로 내는 소리였다. 성난 멧돼지들은 구호를 외치듯,

"스카이! 스카이! 그놈의 스카이!"
하고 외쳐 댔다.

누가 먼저 시작했는지, 한 번 스카이를 외칠 때마다 주먹으로 책상까지 내리쳤다.

"스카이! 쿵! 스카이! 쿵! 그놈의 스카이! 쿵쿵쿵!"

성난 멧돼지들은 박자까지 딱딱 맞춰 스카이를 외치며 책상을 두드려 댔다.

교실은 온통 스카이의 바다였다. 성난 멧돼지들의 스카이는 앞으로, 앞으로 돌진해 영어 선생의 스카이를 박살 내고, 영어 선생의 손에 들려 있던 영어책을 바닥에 떨어뜨리고, 머리를 감싸 쥔 새 둥지를 일으켜 세웠다. 머리를 감싸 쥐고 있던 새 둥지는 어느새 벌떡 일어나 "스카이, 스카이, 그놈의 스카이!"를 덩달아 외쳐 대고 있었다. 지휘하듯 팔까지 흔들어 대면서.

영어 선생은 부들부들 떨며 교탁으로 달려갔다. 교탁 위에 있던 휴대폰을 집어 들었다.

"감히…… 감히, 이것들이!"

영어 선생이 부들부들 떨리는 손으로 휴대폰을 들어 올렸다. 그러고는 적군을 향해 총구를 겨누듯이 우리를 향해 휴대폰을 겨누었다. 영어 선생의 휴대폰에서 빛이 번쩍, 하는가 싶더니 곧이어 찰칵, 하는 소리가 이어졌다.

"스카이! 쿵! 스카이! 쿵! 그놈의 스카이! 쿵쿵쿵!"
책상 두드리는 소리가 교실을 뒤흔들었다.
"그래도 이것들이!"
성난 멧돼지들은 계속해서 책상을 두드려 댔다. 영어 선생은 계속해서 찰칵, 찰칵, 휴대폰으로 총알을 쏴 댔다.
"우우우우!"
1학년 1반의 성난 멧돼지들은 이제는 야유를 퍼붓기 시작했다. 어떤 녀석은 휴지를 둘둘 말아 집어 던졌다. 어떤 녀석은 지우개를 집어 던졌다.
"우우우우!"
쿵쿵쿵.
야유와 책상 두드리는 소리가 교실을 뒤흔들고 지우개와 휴지가 날아다녔다.
"여보세요? 거기 112죠? 네, 빨리요, 빨리!"
난장판 속에서 발을 동동 구르던 영어 선생의 입에서 112가 튀어나왔다.
112?
112라고?
난데없는 112에 성난 멧돼지들은 일제히 입을 다물었다.
"그놈의 스카이-잉……."
새 둥지만 팔 하나를 들어 올린 채 혼자 서 있었다. 주위는

쥐 죽은 듯 고요했다. 교실을 뒤흔들던 고함 소리는 일제히 가라앉은 뒤였다.

"그러니까 그게……."

새 둥지가 하늘로 높이 들어 올렸던 팔 하나를 제자리에 내려놓기도 전에 드르륵, 앞문이 열렸다.

"누구세요?"

영어 선생이 등딱지 속으로 숨은 거북이처럼 교탁 뒤에 숨은 채, 고개만 내밀고 물었다. 잠깐 사이, 앞문에 서 있던 남자가 성큼성큼 교실 안으로 들어섰다.

"저요? 폴리스맨입니닷!"

제2장
앞으로 갓!

짧게 밀어 올린 머리. 테두리가 금장식으로 처리된 검은 선글라스. 당장이라도 옷을 찢고 나올 듯이 팽팽히 부풀어 오른 앞가슴. 휘어진 코. 손등 위로 툭 불거져 나온 힘줄들. 앞문을 등지고 선 사내는 제복만 빼면 완전 조폭 수준이었다.
'오라(aura)'란 이런 것일까?
자신을 폴리스맨이라고 밝힌 낯선 사내가 45도 각도로 고개를 돌리자, 그 각도에 앉아 있던 녀석들은 곧장 얼어붙었다. 교실엔 숨 쉬는 소리조차 들리지 않았다. 천천히, 폴리스맨은 한 놈, 두 놈, 세 놈…… 교실 안의 멧돼지들을 노려봤다. 아니, 음미했다. 굶주린 사자가 초원 한쪽에서 늘어지게 하품을 하다 눈앞의 소 떼를 훑어보며 어떤 놈부터 먹어 줄까, 쩝쩝, 입맛을 다시듯 폴리스맨은 한 사람, 한 사람의 얼굴을 들여다봤다.

폴리스맨이 검은 선글라스를 쓰고 있었는데도, 그 눈동자가 누구에게 와서 꽂히는지 확연히 느낄 수 있었다. 검은 유리도 뚫어 버리는 강렬한 눈빛! 그 눈빛이 내게 와서 멎었다.

나는 헉, 숨을 들이마셨다. 너무 놀라 재채기까지 할 뻔했다. 문제는 숨을 내쉴 수가 없다는 거였다.

숨을 쉬어, 숨을.

내 안의 모범생이 지껄여 댔다. 그러나 겁먹은 나는 숨도 내쉬지 못했다. 덕분에 나중에는 거의 뒤로 넘어갈 뻔했다.

다행히 폴리스맨은 내가 질식해서 죽기 직전에 시선을 돌렸다. 폴리스맨의 시선이 이번에는 새 둥지한테 가서 꽂혔다. 그러자 머리에 납작하게 달라붙어 있던 새 둥지의 머리카락들이 일제히 위로 삐죽삐죽 솟아올랐다. 게다가 위로 솟아오른 새 둥지의 머리카락들은 조금도 움직이지 않았다. 다시 말해 얼어붙었다는 거다. 자신의 감정을 머리카락으로 표현할 수도 있다는 놀라운 사실을 목격하는 순간이었다.

한 바퀴, 교실에 찬물을 뿌리고 나서야 45도 각도로 이쪽저쪽 돌아갔던 폴리스맨의 얼굴은 제자리로 원위치 했다. 그러자 이번에는 영어 선생이 얼어붙어 버렸다.

"여기, 무슨 일이 있는 겁니까?"

기합이 잔뜩 든 목소리로 폴리스맨이 물었다. 배에 얼마나 힘을 주고 말을 하면 저런 목소리가 나올까, 의아해하는데, 또다시 폴리스맨의 목소리가 들려왔다.

"다시 묻습니다. 여기, 무슨 일이 있는 겁니까?"

폴리스맨이 한마디 한마디 내뱉을 때마다 이상하게도 진동이 왔다. 나만 떠나 싶어 봤더니, 아이들 모두 부르르, 진동을 하고 있었다.

"넷?"

간신히 교탁을 붙들고 서 있던 영어 선생의 대답이었다. 영어 선생은 기억상실증에 걸린 사람처럼 멍하니, 입을 헤ㅡ 벌린 채 눈앞의 폴리스맨을 올려다봤다. 영어 선생은 15센티미터 높이의 살인적인 하이힐을 신고 있었다. 그런데도 머리가 폴리스맨의 가슴께밖에 오지 않았다.

"여ㅡ어ㅡ기, 무ㅡ우ㅡ슨ㅡ 일ㅡ이ㅡ 있ㅡ는ㅡ 겁ㅡ니ㅡ까ㅡ아?"

폴리스맨의 짧은, 그러나 기합이 잔뜩 들어가 있는 목소리가 교실에 울려 퍼졌다. 사자가 포효를 하는 것 같았다고나 할까.

그 소리에 간신히 교탁을 붙들고 서 있던 영어 선생이 "앗!" 소리를 내며 제정신을 찾았다. 프라이팬으로 한 대 맞고 정신 차린 사람 같았다.

"일? 일요? 아, 그러니까 그게…… 경찰이시란 거죠? 아이, 정말 깜짝 놀랐잖아요. 진짜 버튼 누르자마자 달려오시네요."

영어 선생은 제정신을 찾자마자 정신없이 지껄여 대며, 폴리스맨의 얼굴에 휴대폰으로 촬영한 동영상들을 들이밀었다. 요것 봐라, 조것 봐라, 부르르 떨고, 화르르 타오르고, 혼자 아예 드라마를 찍었다.

"그러니까 이게 말이 되냐고요? 학생이 선생한테 어떻게 이런 짓을 할 수 있어요? 이런 녀석들은 콩밥을 먹어 봐야 정신을 차린다니까요!"

영어 선생이 탁, 소리 나게 휴대폰 폴더를 접으며 우리를, 1학년 1반의 멧돼지들을 노려봤다. 그러자 제복만 아니면 완전 조폭인 폴리스맨이 허리에 두 손을 얹고 외쳤다.

"모두, 일어섯!"

한 녀석도 빠짐없이 후다닥 일어섰다.

"모두, 책상 위로 올라갓!"

한 녀석도 빠짐없이 후다닥 책상 위로 뛰어 올라갔다.

"모두, 복창하랏! 저희는 꿀통입니다!"

한 녀석도 빠짐없이 후다닥 복창했다.

"저희는 꿀통입니다!"

"꼴통이라 몰라서 그랬습니다!"

"꼴통이라 몰라서 그랬습니다!"

"한 번만 용서해 주십시오!"

"한 번만 용서해 주십시오!"

"전체, 차렷!"

"전체, 차렷!"

"이건 따라 하지 말란 말이닷!"

"이건 따라……."

"거기, 넛!"

폴리스맨의 얼굴이 휙, 90도로 돌아갔다. 정확히 그 각도에 따라 하지 말란 말을 따라 한 녀석이 있었다. 그 녀석의 머리는 위로 삐죽삐죽 솟아 있었다. 이번에도 새 둥지였다. 녀석은 폴리스맨과 눈이 마주치자마자 "컥!" 소리를 냈다. 숨도 잘 쉬지 못했다.

뭐지, 저 녀석? 왜 저렇게 놀라는 거야?

폴리스맨이 새 둥지 앞으로 걸어갔다. 녀석의 낯빛이 점점 하얗게 질려 가고 있었다. 쿵쾅쿵쾅, 폴리스맨이 걸음을 옮길 때마다 마룻바닥에서 콘크리트가 깨지는 듯한 소리가 났다. 참 믿기지 않는 일이었지만, 그러나 현실이었다.

"넛! 불만 있낫?"

폴리스맨이 새 둥지의 얼굴 앞으로 바짝, 자신의 얼굴을 들이밀었다. 순간, 폴리스맨의 입에서 튄 침들이 고스란히 새 둥지의 머리 위로 날아갔다. 위로 솟아올라 있던 새 둥지의 머리카락들이 일제히 납작하게 고개를 숙였다. 이제 새 둥지 녀석의 낯짝은 침 세례를 받아 이상한 빛으로 번들거렸다.

"불만 있냐고 물었닷!"

"없습니닷!"

침 세례를 받고 나더니, 새 둥지 녀석은 완전히 달라져 있었다.

"으흠."

폴리스맨의 입술 사이로 그르렁거리는 소리가 새어 나왔다. 마음에 들었다는 뜻일까? 폴리스맨은 짧게, 잘했다는 뜻으로 새 둥지의 어깨를 탁, 탁, 탁, 세 번 두드렸다. 그러나 그 짧은 세 번의 두드림이 새 둥지에게는 엄청난 고통이었던 듯, 녀석은 비명을 질렀다.

"으아악!"

뒤이어 녀석이 쿵, 하고 책상에 머리를 박는 소리가 이어졌다.

"으흠?"

폴리스맨의 입술 사이로 이번에도 그르렁거리는 소리가 새어 나왔다. 이번 그르렁은 뭔가 마음에 들지 않았다는 뜻일까? 폴리스맨이 새 둥지 녀석의 뒷덜미를 잡아 올렸다. 스르르, 정전기가 발생한 머리카락들이 책받침에 끌려 올라오듯 새 둥지의 몸이 폴리스맨의 손에 끌려 올라왔다. 폴리스맨은 새 둥지를 번쩍 들어 올리고는 쫙, 입을 벌렸다.

대체 입은 왜 벌린 것일까?

언젠가 고전 중의 고전인 〈브이〉라는 외화에서 봤던 장면이 뇌리를 스치고 지나갔다. 겉모양만 인간인 파충류가 쥐를 한 마리 꺼내더니 지금, 폴리스맨이 새 둥지를 들어 올리듯 들어 올려서는 지금, 폴리스맨이 입을 벌리듯 쫙, 입을 벌리고는 쥐 한 마리를 통째로 꿀꺽, 삼켜 버리는 장면이었다.

저대로 새 둥지를 꿀꺽, 통째로 삼켜 버리겠다는 것일까?

나는 폴리스맨이 새 둥지를 향하여 쫙, 벌리고 있는 어마어마한 크기의 입을 올려다보며 입을 다물지 못했다. 딴 녀석들 역시 입을 다물지 못했다. 입을 다물지 못하기는 영어 선생 역시 마찬가지였다.

폴리스맨은 우리들의 입을 다물지 못하게 하고는 "크헉!" 트림을 해 버렸다. 새 둥지의 얼굴을 향하여.

순간 새 둥지는 정신을 놓아 버렸다.

으으으, 나도 모르게 진저리를 치고 말았다.

딴 녀석들 역시 부르르, 진동으로 설정해 놓은 휴대폰처럼 떨어 대고 있었다. 그런데 1학년 1반의 멧돼지들 모두를 진동 모드로 바꾸어 놓은 폴리스맨이란 작자가 하는 소리는 고작 "거, 시원하네."였다.

폴리스맨은 사뿐히, 힘 하나 안 들이고, 새 둥지를 제자리에 내려놨다. 새 둥지의 턱이 쾅, 책상 위로 떨어졌다.

폴리스맨이 좌우로 고개를 돌리며 물었다.

"불만 있낫?"

"없습니닷!"

멧돼지들 모두 후다닥 대답했다.

그때 드르륵, 뒷문이 열렸다.

"혹시 112에 신고하셨나요? 신고 받고 왔는데요……."

제복만 빼면 전혀 경찰 같아 보이지 않는 아저씨들 둘이 머리를 긁적거리고 서 있었다.

"112요?"

영어 선생은 교실을 장악하고 있는 폴리스맨이란 작자를 쳐다봤다. 그 순간에도 폴리스맨은 허리에 두 손을 얹고 1학년 1반의 멧돼지들을 노려보고 있었다.

"그럼…… 이분은?"

영어 선생은 제복만 빼면 전혀 경찰 같아 보이지 않는 경찰들과 제복만 빼면 완전히 조폭인 폴리스맨을 번갈아 바라봤다.

"죄송하지만 누구신지요?"

뒷문으로 들어온 경찰들이 앞문으로 들어온 폴리스맨에게 물었다. 너무 정중해서 차라리 주눅이 들었다고 말해도 좋을 목소리로.

폴리스맨은 난데없이 1학년 1반 교실로 들어섰을 때와 똑같은 대답을 했다.

"나 말인가? 폴리스맨일세!"

"실례지만 어느 경찰서에서?"

순간, 폴리스맨의 입꼬리가 왼쪽으로 심하게 비틀려 올라갔다.

폴리스맨이 물었다.

"자네들! 신고 받고 출동했낫?"

경찰들이 대답했다.

"옛! 그렇습니다!"

폴리스맨이 척, 왼팔을 들어 올렸다. 시계를 들여다봤다.

"도대체 요즘 경찰이란 것들은 말이얏!"

폴리스맨의 고함이 1학년 1반 교실을 뒤흔드는 가운데, 뒤늦게 나타난 두 명의 경찰들은 허리를 꼿꼿이 세워야 했고, 교탁 앞의 영어 선생과 책상 위의 1학년 멧돼지들은 사시나무 떨듯 떨어야 했다.

그러나 왜 우리가 그토록 떨어야 했단 말인가!

폴리스맨의 목소리가 어찌나 컸던지, 교감 선생님뿐만 아니라 교장 선생님까지 달려오고야 말았다.
"당신이 왜 여기 있는 거야?"
교장 선생님이 폴리스맨을 향해 삿대질을 해 댔다.
"넷?"
영어 선생은 놀라 입을 다물지 못했다.
영어 선생이 112에 신고를 하자마자 드르륵, 앞문을 열고 나타난 폴리스맨! 이 작자는 실은 경찰이 아니었다. 전에 경찰이었던 사람이었다. 나라에서 전직 경찰, 전직 교사, 전직 공무원들에게 일자리를 마련해 주기 위한 국가 정책을 시행했는데, 우리 학교가 그 정책의 혜택을 입은 거였다. 그래서 전직 경찰이었던 이 노인네가 우리 학교의 '배움터 지킴이'로 오게 된 거였다.
그럼 '배움터 지킴이'란 뭘 하는 사람이냐?
등·하교 시간이나 방과 후 등 방범 취약 시간대에 학교 주변 순찰 활동을 강화해 학교 폭력을 사전에 예방하고, 학교 부적응 학생 상담을 통해 학생 문제를 사전에 선도하여 학교 폭력을 예방·근절하는 일을 하는 사람이란다.
그런데 왜? 등·하교 시간이나 방과 후 등 방범 취약 시간대도 아닌데 왜, 어째서 교실까지 들어와 학교 폭력을 예방·근절하고 있었던 거냐?
이 문제에 관해서는 나뿐만 아니라 거기 있던 모든 사람,

그러니까 교장, 교감, 영어 선생에 뒤늦게 나타난 경찰들까지 궁금했던 모양이었다. 모두 눈에 쌍심지를 켜고 물었다. 왜 경찰도 아닌 사람이 112가 출동하기도 전에 나타나 경찰이 할 일을 대신하고 있었느냐고.

폴리스맨은 천천히 오른팔을 들어 올렸다. 오른손으로 천천히 검은 선글라스를 벗어 들었다. 천천히 어금니를 악물고 외쳤다.

"한번 경찰은 영원한 경찰이닷!"

폴리스맨의 고함이 다시금 쩌렁쩌렁, 교실에 울려 퍼졌다. 한마디 내뱉을 때마다 이마에서 왼쪽 눈 위로 깊게 파인 칼자국의 색이 벌겋게 달아올랐다.

"주동자 누구야?"

교장 선생님 말에 멧돼지들 모두 후다닥 눈을 내리깔았다. 재수 없게 걸릴까 봐 숨도 쉬지 않았다. 사태 파악을 못한 인간은 하필이면 가장 중요한 순간에 정신을 잃었다가 가장 위급한 순간에 정신을 차린 새 둥지뿐이었다.

"으으음……."

책상에 고개를 처박고 있던 새 둥지가 부스스 고개를 쳐들었다. 교장 선생님 이하 거기 있던 모든 이들의 시선이 새 둥지에게 꽂혔다. 폴리스맨은 기다렸다는 듯이 새 둥지를 들어 올렸다. 힘 하나 안 들이고 가뿐히.

폴리스맨은 새 둥지를 쌀가마 옮기듯 어깨에 둘러메고는 곧장 앞문으로 걸어 나갔다. 그러고는 따라오라는 듯이 교장 선생님 이하 거기 있던 모든 이들을 쳐다봤다.

영어 선생이 다급하게 외쳤다.

"저, 저, 저기…… 쟤도 데려가세욧!"

폴리스맨 이하 거기 있던 모든 사람들의 시선이 영어 선생의 손끝을 따라갔다. 그런데 영어 선생의 손끝이 가리키고 있는 곳은 이상하게도 내가 앉아 있는 쪽이었다.

대체 누굴 가리키는 거야?

나는 사방을 휘둘러봤다.

사방에서 나를, 오직 나, 윤현상만을 주목하고 있었다.

누구? 저요?

나는 손 하나를 들어 내 가슴을 콕콕, 두드렸다.

"거기 넛! 잔말 말고 튀어 왓!"

폴리스맨의 말이 떨어지자마자, 내 안의 모범생이 또 나보다 먼저 반응을 해 버렸다. 이 모범생은 윗사람의 말이라면 일단 무조건 복종하고 보는 '파블로프의 개'인 바, 말이 떨어지기가 무섭게 벌써 폴리스맨 앞으로 튀어 나가 있었다.

또각또각.

영어 선생의 하이힐 소리만이 복도에 울려 퍼졌다. 교장실에 도착할 때까지 아무도 입을 열지 않았다.

쿵, 폴리스맨의 어깨에서 떨어 대던 새 둥지가 아래로 떨어지며 교장실 바닥에 머리를 박았다. 머리 박는 소리가 정적을 깨는 것을 신호로 길고 긴 입씨름이 시작되었다.

"절대로 그럴 수 없어요."

영어 선생의 대답은 한결같았다.

"고소라니요? 선생이 학생을 고소하다니, 이건 학교 망신입니다."

교장 선생님의 대답도 한결같았다.

"이 일은 아무래도 학교 차원에서 마무리하는 것이 좋을 것 같습니다."

제복만 빼면 전혀 경찰 같아 보이지 않는 경찰들의 말도 한결같았다.

"절대로 그럴 수 없어요."

"고소라니요? 선생이 학생을 고소하다니, 이건 학교 망신입니다."

"이 일은 아무래도 학교 차원에서 마무리하는 것이 좋을 것 같습니다."

한결같이 똑같은 말이 한결같이 똑같은 순서로 되풀이되

었다. 탁구대 위의 탁구공이 네트를 넘어갔다 똑같은 자리로 몇 번씩이나 되돌아오는 꼴이었다. 교장실 바닥에 머리를 박고 엎드려뻗쳐를 하고 있던 나와 새 둥지는 그때마다 이쪽저쪽으로 바쁘게 눈알을 굴려 대야 했다.

아무래도 좋으니, 어느 쪽이든 빨리 이겨라, 하는 생각뿐이었다.

그런데 어느 한쪽이 이기기는커녕 일이 이상한 방향으로 흘러가기 시작했다.

"아무래도…… 부모님을 오시라고 해야겠지요?"

교장 선생님이 묻고,

"아무래도…… 그래야 할 것 같지요?"

제복만 빼면 전혀 경찰 같아 보이지 않는 경찰들이 묻고,

"아무래도요!"

영어 선생이 테이블을 쾅쾅 내리치는 것으로, 일은 문제 해결의 가닥을 잡아 버렸다.

그때부터 일은 일사천리로 진행되었다. 교장 선생님이 담임을 호출하고, 호출된 담임은 생활 기록부를 가져오고, 교감 선생님은 생활 기록부에 적혀 있는 연락처로 전화를 해 댔다.

먼저 새 둥지의 부모님.

뚜ㅡ.

아무도 받지 않았다.
그다음은 우리 부모님.
뚜뚜-.
아무도 받지 않았다. 지금 이 시간, 우리 엄마가 집에 있을 리 없었다. 보나마나 문화 센터에 가 있을 테니까. 엄마는 내가 한글을 깨치기도 전에 나를 문화 센터로 끌고 갔다. 유아 창의력 수학, 유아 뮤지컬 잉글리시 등등의 수업을 오전 내내 수강하게 했다. 그때부터 시작된 엄마의 문화 센터 방문은 내가 고등학교에 진학한 지금까지도 계속되고 있는 것이다. 왜? 그야 엄마의 모든 인간관계는 문화 센터에서 시작되어 문화 센터에서 끝났으니까.
"뭐야, 이거?"
교감 선생님이 수화기를 집어 던졌다.
이번엔 교장 선생님.
"어디, 제가 한번 해 봅시다."
먼저 새 둥지의 부모님.
뚜-.
그다음은 우리 부모님.
뚜뚜-.
아무도 받지 않았다.
"뭐야, 이거?"

"어디, 제가 한번 해 볼게요."

그다음은 영어 선생. 그러나 결과는 마찬가지였다.

"뭐야, 이거?"

영어 선생이 수화기를 집어 든 채 벌떡 일어섰다.

바닥에 머리를 박고 엎드려뻗쳐를 하고 있던 나와 새 둥지는 바들바들 떨어 댔다. 영어 선생이 당장이라도 수화기로 머리통을 후려갈길 것만 같았기 때문이다.

그때 머리 위로 길게 그림자가 드리워졌다.

"제가 책임지겠습니다."

뒤에 서 있던 폴리스맨이 나와 새 둥지의 머리통을 가리며 앞으로 나왔다.

영어 선생의 반응.

"할아버지가 책임지긴 뭘 책임지겠다는 거예요?"

교장 선생님의 반응.

없었다.

폴리스맨은 다시 우리 뒤로 원위치 했다.

"아무래도 제가 다시 걸어 보겠습니다."

담임이 교장 선생님 옆으로 걸어갔다. 굽실거리며 수화기를 집어 들었다. 여전히 뚜—였다.

"저기…… 지금 이런 말씀 드리기 좀 뭣하지만…… 여기 있는 이승준은 K중학교에서 올라온 놈인데, 아주 유명했습니다. 완전 꼴통이에요. 중학교 때도 말썽 피울 때마다 보호자를 불러들였는데 그게……."

"그게, 뭐요?"

영어 선생이 턱을 뾰족하게 세웠다.

"외할머니하고 단둘이 사는데, 그게…… 보호자가 나이도 많은 데다 워낙 생활 형편이 어려워서 아무래도 오셔 봤자……."

담임이 새 둥지를 가리키며 머리를 긁적거렸다.

"아니! 이 선생님, 지금 그게 무슨 말씀이세요? 생활 형편이 어려워서 뭐요? 생활 형편이 어려운 애는 이렇게 막 나가는 행동을 해도 된단 말이에요, 뭐예요?"

영어 선생이 벌떡 일어섰다.

"아니, 제 말은 그게 아니라……."

담임이 영어 선생의 손을 잡아끌었다. 앉으라는 신호였겠지만 영어 선생은 담임의 신호를 영 엉뚱한 쪽으로 해석했는지, 더 길길이 화를 내며 그 손을 뿌리쳤다.

"아유! 왜 남의 손을 잡고 그러세요? 이거 성추행이라고요, 성추행!"

"옛? 성추행이라니요? 저는 그런 뜻이 아니라……."

담임은 얼른 손을 뒤로 감추며 오리발을 내밀었다. 이 꼴을 보고 있던 교장 선생님 왈,

"이런 학교 망신이 있나!"

교장 선생님 입에서 학교 망신이란 말이 튀어나올 때마다 제복만 빼면 전혀 경찰 같아 보이지 않는 경찰들은 기회는 이때다, 하고 같은 말만 되풀이했다.

"그러니 이 일은 학교 차원에서 해결하세요."

눈치를 보니, 빨리 돌아가고 싶은 듯했다.

그래, 제발 빨리 가 버리세요, 하는 염원을 담아, 나는 교장 선생님 옆에 앉아 있는 경찰들을 바라봤다.

그러나 경찰들의 반응은 이랬다.

"야! 너 뭐야? 눈 안 깔아?"

나는 얼른 눈을 내리깔았다. 옆에서 머리를 박고 있던 새 둥지가 낄낄거렸다. 이런 재수 없는 놈을 봤나. 나는 머리를 땅에 박은 채 발로 새 둥지의 다리를 후려쳤다.

"거기, 너희들! 이 녀석들이 보자 보자 하니까 끌려와서도 정신을 못 차려!"

담임이 소리를 질러 댔다. 방금 전까지의 굽실거리던 태도는 온데간데없고 발정난 호랑이마냥 달려들었다.

퍽— 퍽— 퍽.

투닥— 투닥— 투닥.

담임은 나와 새 둥지의 머리통을 몇 번씩이나 있는 힘껏 후려갈기고도 성이 안 풀리는지, 연신 씩씩거렸다.

"이 선생님! 그만해요, 그만! 경찰들 앞에서 지금 뭐 하는 짓이요? 선생이란 작자가. 이런 학교 망신이 있나!"

교장 선생님은 또 학교 망신 타령이었다.

계속 듣다 보니, 아, 학교 망신이란 이런 거구나, 하는 깨달음을 얻었다. 역시 학습에는 단순 무식, 반복 또 반복이 최고다.

"그러니까 박 선생님은 정말 고소를 하시겠다는 겁니까?"

가만히 듣고만 있던 교감 선생님이 영어 선생 앞으로 바짝 얼굴을 들이밀었다. 영어 선생은 끔찍한 입 냄새라도 맡은 듯 화들짝 뒤로 물러서며 "그럼요!"만 되풀이했다.

교감 선생님이 영어 선생을 노려봤다. 영어 선생도 만만치 않았다. 흰자위가 입술에 바른 빨간 립스틱보다 더 붉은 색으로 변할 때까지 교감 선생님을 째려봤다. 아무래도 영어 선생이 이 학교 재단 이사장의 손녀라는 소문이 사실인 듯했다. 아니라면 저렇게 대들진 못할 테니까.

"저 좀 잠깐 보십시닷!"

머리통 위로 길게 그림자가 드리워지는가 싶더니, 폴리스맨이 우리 앞으로 걸어 나왔다.

영어 선생이 발끈해서 소리쳤다.

"저요? 제가 왜 할아버지를 봐요?"

"저 좀 잠깐 보십시닷!"

폴리스맨이 허리에 두 손을 얹었다. 그뿐, 아무 말도 하지 않았지만, 영어 선생은 슬금슬금 엉덩이를 들고 일어섰다.
폴리스맨이 앞서고, 영어 선생이 뒤를 따라 나갔다.
교장실에 모인 사람들 모두 복도를 향해 귀를 크게 열었다. 그러나 귀를 쫑긋 세울 필요도 없었다.
"뒷일은 생각해 보셨습니까?"
"뒷일이라니요?"
"저 애들은 지금 십 대입니다. 저런 애들은 무슨 짓을 저지를지 모릅니다. 고소요? 하려면 얼마든지 하십시오. 그러나 그다음은?"
"다음이라니요?"
"고소해 봤자 아직 어린애들이니 적당히 타이르고 내보낼 텐데, 그다음은요? 저 아이들이 앙심 품고 기다렸다가 끌고 가서 두드려 패기라도 하면 어쩌실 겁니까? 십 대 범죄, 장난 아닙니다! 때리고 돈 뺏고, 그런 정도는 범죄 축에도 못 낀다고요. 집에 돈 많아요? 24시간 경호원 달고 다닐 겁니까? 요새 십 대들, 진짜 무섭습니다. 막 나가는 애들은 선생이고 뭐고 없습니다."
"지금 그걸 말이라고 하세욧!"
영어 선생의 말마따나 폴리스맨은 지금 그걸 말이라고 하고 있었다. 복도가 쩌렁쩌렁 울리도록 큰 소리로. 저럴 거면 왜 복도에서 따로 보자고 했을까? 정말이지 이해할 수 없는 뇌 구조를 가진 인간이었다. 저 폴리스맨이란 작자는.

안 들으려고 해도, 못 들은 척하려고 해도, 폴리스맨의 말이 너무 잘 들려서 나는 어디다 시선을 둬야 할지 고민이었다. 아예 눈을 감아 버렸다. 그런데 눈을 감았더니 폴리스맨의 목소리가 더 잘 들리는 것이었다.

"내가 경찰이었습니다. 당신, 선생 몇 년이나 했수? 내가 40년 경찰 생활을 하고 깨달은 게 뭔지 압니까? 법은 멀고 주먹은 가깝습니닷!"

경찰이라는 인간이, 아니 경찰이었던 인간이 저걸 말이라고 하는 걸까? 나는 내 귀를 의심했다. 귀를 의심하는 거기 있던 사람들 모두 마찬가지였나 보다. 그때까지 잠자코 듣고만 있던 경찰들이 자리를 박차고 일어섰다.

"영감님! 그걸 지금 말씀이라고 하신 겁니까?"

제복만 빼면 전혀 경찰 같아 보이지 않는 경찰들이 제복만 빼면 완전 조폭인 전직 경찰에게 달려가 따지기 시작했다.

"말 자르지 말란 말이닷!"

폴리스맨의 목소리가 어찌나 큰지 심장이 다 벌렁거렸다.

"고소를 하시든지 말든지 맘대로 하시고요, 일단 저희들은 갑니다!"

경찰들은 그대로 떠나 버렸다.

잠시 침묵이 이어졌다.

또각또각.

침묵을 뚫고 영어 선생의 하이힐 소리가 가까이 들려왔다. 이제는 하이힐에 차이는 걸까? 나는 감은 눈을 더 질끈 감고 머리통이 축구공이 되는 순간의 공포를 이겨 보려고 애썼다.

그런데 머리 위에서 전혀 뜻밖의 말이 오갔다.

"그러니까 영감님이 분명 책임진다고 했어요?"

"제가 책임지겠습니닷!"

그 말을 신호로 나와 새 둥지는 폴리스맨의 밥이 되고 말았다.

"일어섯!"

폴리스맨이 앞을 가로막고 섰다.

나와 새 둥지는 후다닥 일어섰다. 폴리스맨이 새 둥지를 빤히 쳐다봤다. 새 둥지는 얼른 시선을 돌렸다.

"뒤로 돌앗!"

폴리스맨의 말이 떨어지자마자 나와 새 둥지는 돌아섰다.

"앞으로 갓!"

나와 새 둥지는 후다닥 앞으로 걸어 나갔다. 등 뒤로 폴리스맨의 말소리가 들려왔다.

"100일 안에 완전히 개조해 놓겠습니다. 안 되면, 이 제복을 벗어 드리지요."

영어 선생의 말도 뒤를 이었다.

"흥! 그깟 제복, 제가 받아서 뭐하게요? 만약 쟤들이 또 사고 치면 그땐 진짜 가만 안 있을 거라고요!"

"우향우!"

어느새 폴리스맨이 바로 등 뒤에 와 있었다. 폴리스맨이 구령을 내뱉자마자 나와 새 둥지는 오랫동안 밥도 안 먹고 우향우만 연습해 온 경찰들처럼 일사불란하게, 한 치의 오차도 없이, 발맞춰 우향우를 하고 있었다.

"앞으로 갓!"

제3장
적과의 동침

자전거 페달을 밟을 힘도 없었다. 하루 종일 '우향우'와 '좌향좌'와 '앞으로 갓'에 시달린 내 다리는 나보다 더 부들부들 떨어 댔다. 꼴통들만 모인다는 K고에서는 자연스레 머리카락이나 다리 등 신체의 일부분으로 감정을 표현하게 되는구나, 하는 희한한 깨달음과 함께 나는 자전거에서 내렸다.

저 멀리 H예고가 보였다. 늦은 밤인데도 H예고에서는 찬란한 불빛이 뿜어져 나오고 있었다. 나도 모르게 H예고를 향해 걸음을 옮기기 시작했다. 정신을 차렸을 때, 어느새 나는 H예고 정문이 훤히 보이는 골목 안에 몸을 숨기고 있었다.

"젠장!"

나도 모르게 또 H예고로 와 버린 거였다. 나는 자전거 핸들을 잡은 채 훤히 불 밝혀져 있는 H예고를 바라봤다.

신유네 교실은 어디일까? 신유는 이 시간에도 그림을 그리고 있을까? 요즘 신유는 어떤 그림을 그리고 있을까? 신유는 요새도 옷이며 볼에 물감을 묻히고 다닐까?

신유, 신유, 신유!

나는 어느새 또 H예고로 와서 신유 생각을 하고 있었다.

그러지 말자. 이제 와서 이게 다 무슨 소용이냐. 신유는 나와는 다른 세계에 사는 아이인데…….

수천 번 고개를 내저었지만 내 머릿속엔 언제나 신유가 가득했다.

"난 꼭 화가가 될 거야."

어려서부터 신유는 화가가 되는 게 꿈이었다. "화가가 돼서 뭐하게?"라고 물으면, 신유의 대답은 언제나 똑같았다.

"밥 먹고 그림만 그릴 수 있잖아."

그림 그리는 일을 직업으로 할 수 있으니까 화가가 되겠다는 신유는 정말 그림만 그렸다. 유치원 때도 초등학교 때도 중학교 때도…… 그리고 고등학생이 된 지금까지도.

책을 읽는 것도, 공부를 하는 것도, 야외로 놀러 가는 것도 신유에게는 모두 그림을 위한 일이었다. 신유한테는 H예고에 꼭 붙어야만 하는 이유나 스카이에 가야만 하는 이유 역시, 화가가 되기 위해서였다.

나 역시 마찬가지였다.

영어 듣기 연습을 하는 이유도, 영어 단어를 외우는 이유도, 주말마다 빼놓지 않고 영어 과외를 받는 이유도, 반드시 외고에 들어가야만 하는 이유도, 스카이에 붙어야만 하는 이유도 늘 한결같았다.

"넌 왜 그렇게 열심히 영어 공부를 하는데?"

신유가 물으면 내 대답은 언제나 똑같았다.

"외교관이 될 거니까."

그랬다. 신유와 나는 꿈이 있었다. 우린 남들하고 달랐다. 목표도 없으면서 그저 부모가 떠미니까 어쩔 수 없이 공부를 하는 아이들과는 다르다는 생각이 나와 신유를 하나로 묶어 주었다. 적어도 나는 그렇게 생각했다. 우린 하나로 묶여 있다고.

그러나 정말 그랬던 걸까? 외교관이 되겠다던 꿈은 정말 내 꿈이었을까? 아빠, 엄마의 꿈이 아니고?

"현상아! 아빠 봐. 회사원은 평생 회사원이야. 전문직이 아니면 안 돼. 넌 영어를 잘하니까 외교관이 되는 거야. 외교관만 되면……."

외교관만 되면 현상이 네가 원하는 건 무엇이든 할 수 있다. 외교관만 되면 전 세계 어디든 갈 수 있다. 외교관만 되면…… 외교관만 되면…….

외교관만 되면 할 수 있다던 그 모든 것들, 내가 꿈꾸던 그 모든 것들이 정말 내가 원하고 꿈꾸던 것이었을까? 아빠, 엄마가 꿈꾸던 것은 아니었을까? 정말 나는 다른 아이들과 달랐던 걸까? 부모가 떠미니까 어쩔 수 없이 공부하는 아이들과 나는 정말 다르다고 할 수 있을까?

다르다면 왜 나는 지금 여기, 어둠 속에 숨어 H예고를 훔쳐보고 있는 거지? 그저 외고 시험에 떨어졌을 뿐이잖아? 외교관이 되겠다던 꿈을 못 이룬 것도 아니잖아? 아직 기회는 얼마든지 남아 있는데, 그런데 왜?

그야…… 믿음이 깨져 버렸으니까.

믿음? 무슨 믿음?

신유와 나는 특별했다. 피아노를 전공한 신유 엄마에게 피아노 레슨을 받으면서 시작된 나와 신유의 우정은 영어 과외와 수학 과외를 함께 받으면서 우정 이상의 것이 되었다. 신유는 소위 말하는 '깔'은 아니었지만, 우리는 단짝 친구나 가족보다도 서로를 잘 알았다. 대부분의 시간을 함께했으니까.

신유와 나는 언제나 함께였다. 언제까지나 계속 그럴 것이라고 나는 믿어 의심치 않았다.

그러나 그 믿음은 깨져 버렸다. 신유는 저 위 H예고로 올라가 있고, 나는 저 아래 K고로 떨어져 버렸다. H예고는 일단 입학만 하면 재학생의 3분의 1은 스카이에 간다는 명문 중의 명문이고, K고는 특목고 시험에 떨어진 아이들뿐만 아니라 처음부터 인문계로 진학하려 했던 애들조차도 피하려 하는 꼴통 학교다.

신유가 H예고에 붙자마자, 아니 내가 외고 시험에 떨어지고 K고로 배정받자마자 신유 엄마가 집으로 찾아왔다.

"아무래도 우리 신유는 이번 달부터 그냥 예고 애들이랑 과외를 해야겠어요. 미술 레슨 끝나자마자 학교 앞에서 바로 차에 태우고 가야 해서요……."

신유 엄마는 그럴싸한 이유를 갖다 붙이려고 노력했다. 그러나 이유는 뻔했다. 우리 신유가 외고 시험에 떨어진 너 같은 낙오자와 어떻게 같이 공부를 할 수 있겠니.

신유 엄마가 차마 입 밖으로 내뱉지 못한 말이란, 실은 낙오자와 함께할 수 없다는 말이었으리라.

그 낙오자는 이제 스카이를 향해 가는 대열에서 떨어져 나와 이렇게 어둠 속에 몸을 숨기고 있는 것이다.

빵빵.

여기저기서 경적 소리가 들려왔다. 어느새 H예고 정문 앞에는 봉고차들이 가득 들어차 있었다. 9시가 훨씬 넘은 시각인데도 옆구리에 수학이니 영어니 쓰여진 봉고차들이 즐비하게 서 있는 것을 보자 등줄기로 찬바람이 내달렸다. 고자 만들기 따위나 하며 아침 자율 학습 시간마저 탕진해 버리는 K고에서는 절대로 볼 수 없는 풍경! 그 풍경에 나는 그만 기가 질려 버리고 말았다.

예체능에 주력하는 예고도 이 정도니 외고는 오죽할까.

엄마의 한숨 소리와 잔소리가 들려오는 듯했다.

"현상이 너, 대체 무슨 생각이야? 신유 봤지? 신유는 미대 갈 애니까 그림만 잘 그리면 되는데도, 하루 종일 그림 그리고 와서 새벽까지 또 국, 영, 수 공부한다잖아! 예고도 그 정도니 외고는 오죽할까. 어휴, 하루를 48시간처럼 살아도 인 서울을 할까 말깐데 큰일이다, 큰일!"

엄마의 한숨 소리와 잔소리에 이어 내 안의 모범생이 또 불쑥 튀어나왔다. 내 안의 모범생은 삼삼오오 떼 지어 몰려나와 학원 차에 올라타는 또래 여자애들을 보자마자 불끈, 주먹을 쥐었다.

윤현상, 너 지금 이런 데서 대체 뭐 하고 있는 거야. 네 눈에는 저 애들이 안 보이는 거야? 이렇게 어슬렁거릴 때가 아니잖아! 빨리 자전거에 올라타! 빨리 책상 앞으로 달려가란 말이야!

내 안의 모범생이 나를 들볶기 시작했다. 어려서부터 수재 소리를 듣던 이 모범생은 공부하러 가는 애들을 보자마자 눈이 뒤집혔다. 나도 저들과 같은 종족이라고, 나도 저들과 같은 무리에 낄 수 있다고, 나도 얼마든지 저들처럼 할 수 있다고 투지를 불태웠다.

그러나 멀리 신유의 모습이 보이자마자, 내 안의 모범생은 얼른 꽁무니를 빼 버렸다. 방금 전까지만 해도 얼마든지 나도 저들처럼 될 수 있다고 투지를 불태우던 모범생은 자취를 감췄다. 내가 할 수 있는 일이란 부들부들 떨리는 다리로 겨우 서서 어둠 속에 몸을 숨기는 것이 전부였다.

나는 어둠 속에 숨어 신유를 훔쳐보았다. 불빛을 등지고 서 있어서인지 내 눈에는 마치 신유가 빛에 휘감겨 있는 것처럼 보였다. 너무 멀어 신유의 옷이며 볼에 여전히 물감이 묻어 있는지는 알 수 없으나, 신유의 미소만큼은 먼 거리에서도 확연히 볼 수 있었다.

웃으면 덧니 하나가 삐죽 나오는 신유의 그 미소. 언제나 나를 향해 지어 보이던 신유의 그 미소.

나도 모르게 그 미소를 향해 앞으로 나아갔다. 그때 먼저 학원 차에 올라탄 신유의 여자 친구가 신유를 부르는 소리가 들려왔다.

"신유야! 안 타?"

나는 재빨리 어둠 속으로 뒷걸음쳤다. 신유는 학원 차 안의 여자 친구와 무슨 말인가를 나누더니 차에서 한 걸음 뒤로 물러섰다. 잠시 후 신유를 놔둔 채 차가 출발했다.

신유는 학원 차가 시야에서 사라질 때까지 꼼짝 않고 서 있었다. 그러다 차가 시야에서 완전히 사라지자 갑자기 내 쪽으로 몸을 돌렸다. 나는 소스라치게 놀랐다.

신유가 나를 본 걸까?

나는 뒤로 한 걸음 더 물러섰다. 그러나 신유에게서 눈을 뗄 수는 없었다. 혹시나 하는 기대로 내 뺨은 뜨겁게 달아올랐다. 몇 달 만에 이런 곳에서 신유와 마주치게 되다니. 여기서 뭘 하고 있었느냐고 신유가 물어보면 대체 뭐라고 대답해야 하나.

궁색한 변명이나마 할 말을 찾느라 계속 머리를 굴리고 있는 동안에도 신유는 내가 몸을 숨기고 있는 어둠을 향해 곧장 걸어오고 있었다. 웃으면 언제나 삐죽 덧니가 나와 버리는 신유의 미소가 바로 눈앞에 있었다. 손을 뻗으면 그 미소를 만질 수도 있을 것만 같았다.

나도 모르게 신유를 향해 손을 뻗었다.

그러나 내 손이 미처 신유의 미소에 가 닿기도 전에 어둠 속에서 누군가가 튀어나왔다.

"까꿍!"

까꿍? 까꿍이라니?

그 순간 나는 거북이가 되었다. 등딱지 속에 몸통을 숨긴 거북이처럼 어둠 속에 몸을 숨기고 고개만 앞으로 내밀었다.

낯익은 교복이 내 앞을 가로막고 있었다. 교복 너머로 웃고 있는 신유가 보였다. 신유는 아예 배를 잡고 웃어 댔다.

"아이, 뭐야, 까꿍이?"

"까꿍! 진짜 웃기지 않냐? 우리 할머니가 어제 공원에서 듣고 온 얘기라는데 까꿍! 너무 웃긴 거야."

"그러니까 까꿍이 뭐냐고?"

"어떤 느끼한 중년 아저씨가 세 집 살림을 하고 있었단다. 원래 조강지처가 사는 집에 가서는 발로 쾅쾅 문을 차면서 문 열어, 왜 문 안 열어, 그랬대. 그런데 두 번째 아내가 사는 집에 가서는 떵똥, 하고 문 열 때까지 기다렸다가 안에서 두 번째 부인이 나오니까 이 느끼한 아저씨가 뭐라 그랬게?"

"글쎄?"

"나 왔어요! 그러더래. 그러다 가장 예쁘고 가장 어린 세 번째 부인 집에 가서는 뭐라고 했는지 알아? 세 번째 부인이 문을 열 때 문 뒤에 숨어 있다가 짠 하고 튀어나와서는 까꿍! 그랬대."

"아이, 뭐야."

"까꿍! 까꿍! 진짜 웃기지? 웃기지?"

낯익은 교복은 나와 신유 사이를 가로막고 서서 자꾸 웃기냐고 묻고 있었다. 나는 너무 어이가 없어 쓰러질 지경이었다. 더 어처구니가 없는 것은 이런 농담 같지도 않은 농담에 신유가 반응을 하고 있다는 사실이었다. 반응도 그냥 반응이 아니었다. 신유는 세상에 태어나서 이런 재미있는 이야기는 처음 들어 본다는 얼굴로 웃고 있었다.

신유에게도 저런 표정이 있었다니…….

나는 내 앞에서는 한 번도 보여 준 적 없는 신유의 표정에 얼이 나갈 지경이었다. 폴리스맨이란 작자한테 흠씬 두들겨 맞아도 이보다는 나을 듯했다. 내가 충격으로 얼이 나가 있는 동안에도 신유와 나 사이를 가로막은 교복은 계속 지껄여 댔다.

"신유, 너 그거 알아? 아몬드가 죽으면 뭐게?"

말도 안 돼!

내가 부들부들 떨리는 손으로 자전거 핸들을 부여잡고 서 있는 동안에, 어느새 신유는 내 앞에서 멀어져 가고 있었다. 그 미소, 웃으면 덧니 하나가 입술 밖으로 나와 버리는 그 예쁜 미소를 내가 아닌 다른 놈한테 보여 주면서.

나는 머리를 쥐어뜯으며 어둠 속에서 달려 나갔다. 신유와 낯익은 교복을 입은 놈은 벌써 신유네 학원 차가 사라진 대로변을 향해 걸어가고 있었다. 대로변으로 올라서며 놈이 내 쪽으로 머리를 돌렸다. 순간, 나도 모르게 움찔, 놀라며 어둠 속으로 뒷걸음쳤다.

놈은…… 신유 옆에서 "까꿍! 까꿍!" 헛소리를 지껄여 대는 놈은…… 머리가 위로 삐죽삐죽 솟아 있었다.
"아몬드가 죽으면? 정답은 다이—아몬드!"
저 멀리서 꿈결처럼 새 둥지의 목소리가 들려오고 있었다. 이건 꿈이야!

눈을 떠 보니, 시곗바늘은 벌써 6시 40분을 가리키고 있었다. 삐죽삐죽 위로 솟아오른 머리카락들이 까꿍! 까꿍! 까꿍거리며 뒤따라오는 악몽에 밤새 시달리다 그만 늦잠을 자고 말았다. 이게 다 새 둥지란 놈 때문이었다.
"지각이닷!"
나는 아침도 못 먹고 자전거에 올라탔다. 학교까지 죽어라 자전거 페달을 밟았다. 이제 언덕 하나만 넘으면 K고 정문이었다. 그러나 어제의 무리한 체력 훈련으로 알이 박혀 버린 내 종아리는 언덕이 나타나자마자 긴급 신호를 보내 왔다. 더는 못 가겠다는 거였다.
나는 멈춰 서서 눈앞의 언덕을 올려다봤다.
맞아. 내가 왜? 뭐하러 이렇게 서둘러? 어차피 모범생 따위 졸업하기로 했으면서?
그러나 한 발을 땅에 내려놓기도 전에 폴리스맨의 얼굴이 떠올랐다.

호루루루! 호루루!

"내일부터 너희들의 등교 시간은 7시닷!"

폴리스맨은 호루라기를 불며 분명 7시라고 했다. 왜 7시냐고 묻지도 못했다. 폴리스맨은 그저 7시라고 외쳤고, 나와 새 둥지는 그저 "넷!" 하고 복창했다.

폴리스맨의 얼굴에 난 칼자국이 떠오르자마자, 내 발은 어느새 다시 페달 위로 올라가 있었다. 나는 다시 죽어라 페달을 밟았다. 숨이 턱까지 차올랐다. 푸하— 숨을 내쉬기도 전에 정문에 서 있던 폴리스맨이 소리쳤다.

"동작 봐랏!"

폴리스맨의 등 뒤로 시계가 보였다. 시계는 정확히 7시 3분을 가리키고 있었다. 나는 후다닥 폴리스맨 앞으로 튀어나갔다.

호루루루! 호루루!

"1분에 오리걸음 한 바퀴 추가! 합이 세 바퀴! 뭐 하낫! 튀어 갓!"

폴리스맨의 말이 떨어지기 무섭게 나는 운동장으로 튀어나갔다. 그때 휘파람 소리가 들려왔다. 새 둥지였다. 녀석은 운동장 한쪽 구석에 있는 벤치에 앉아 나를 향해 손을 흔들었다. 녀석을 보자마자 지난밤의 일이 떠올랐다. 내 소중한 신유 옆에서 까꿍거리던 녀석이.

　나도 모르게 욕지거리가 치밀어 올라왔다. 내가 지금 누구 때문에 이 고생을 하고 있는데? 네 녀석 때문에 밤잠을 설치느라 지각을 했단 말이다!

　"저, 저, 저 녀석을……."

　잠시, 아니 아주 잠깐, 엉덩이를 들어 올렸을 뿐인데 폴리스맨의 무지막지한 손바닥이 머리통을 후려쳤다.

　"동작 봐랏! 한 번 쉴 때마다 한 바퀴 추갓! 도합 네 바퀴!"

　나는 죽어라 기었다. 내가 운동장을 기는 동안에도 새 둥지 녀석은 뭐가 그렇게 좋은지 연신 실실거리고 있었다.

　저 새끼를 그냥!

　마음 같아서는 당장 달려가 두들겨 패 주고 싶었지만, 그러나 폴리스맨이 지켜보고 있었다. 그래서 나는 기었다. 종아리에 박힌 알과 새 둥지 녀석을 향한 살의와 폴리스맨을 향한 두려움과 싸우며 기었다. 그러거나 말거나 폴리스맨과 새 둥지는 사이좋게 이야기를 나누고 있었다. 간간히 '까꿍'이라든가 '우리 할머니'가 어쩌고저쩌고하는 말들이 들려오곤 했다.

　참내, 둘이 언제부터 그렇게 친했다고!

　마침내 마지막 한 바퀴를 남겨 놓고 있을 때, 폴리스맨과 새 둥지가 내 쪽으로 걸어왔다.

"서둘럿! 1분 남았닷!"

그 바람에 마지막 한 바퀴는 그야말로 오리처럼 꽥꽥거려야 했다.

"자, 이건 네 거. 특별히 네 걸레까지 내가 가져왔다고."

일어서자마자 새 둥지가 걸레를 내밀었다. 나는 새 둥지와 새 둥지가 내민 걸레를 번갈아 쳐다봤다. 생각 같아서는 걸레짝을 녀석의 얼굴에 집어 던져 버리고만 싶었다. 그러나 그 옆에는 폴리스맨이 있었다.

나는 새 둥지가 내민 걸레를 받아 들었다. 언제 빨았는지 걸레에서 쉰 냄새가 진동을 했다. 나는 쉰 냄새가 나는 걸레를 들고 새 둥지와 발을 맞추며 폴리스맨을 뒤따라갔다.

목적지는 교무실이었다. 벌써 몇몇 선생이 출근해 있었다. 선생들과 눈이 마주치자 나도 모르게 뺨이 달아올랐다. 그러거나 말거나 폴리스맨은 교무실로 들어가 "작전 개시!"를 외쳤다.

나는 걸레를 들고 폴리스맨 앞으로 튀어 갔다. 새 둥지는 마른행주를 들고 뒤따라왔다. 폴리스맨이 책상을 가리켰다. 책상 위에는 영어 교과서와 교사용 지도서가 빼곡히 꽂혀 있었다. 영어 선생의 책상이었다.

"동작 봐랏!"

호루루루!

폴리스맨이 호루라기를 불었다. 곧장 나는 닦았다. 책상, 의자, 책꽂이, 심지어 책상 위의 사진 액자까지. 닦고 또 닦았다. 내가 걸레질을 하는 동안 새 둥지는 먼 산만 바라봤다. 그러다 내가 걸레질을 다 끝내자마자 기다렸다는 듯이 내 옆으로 달려왔다.

나는 쉰 냄새가 나는 걸레로 죽어라 걸레질을 해 댔는데, 새 둥지란 놈은 스윽— 마른행주로 물기를 닦고는 그만이었다. 그런데도 칭찬은 새 둥지한테만 돌아갔다.

"맘에 든닷! 너도 눈이 있으면 보고 배워! 시키기 전에 이렇게 알아서 해야지!"

폴리스맨은 나한테만 잔뜩 눈을 부라리더니, 짧게 "방과 후, 운동장으로 집결!"이라고 외쳤다. 그리고 나가 버렸다.

"이런 제길!"

나도 모르게 걸레를 집어 던졌다. 순간, 교무실에 있던 몇몇 선생의 시선이 모두 내게 쏠렸다. 하필이면 영어 선생까지 교무실로 들어서던 참이었다.

"너, 너, 너, 뭐얏!"

영어 선생은…… 부들부들 떨고 있었다. 부들부들 떨리는 손으로 내가 집어 던진 걸레를 가리키며 예의 그 "감히!"를 연발했다.

"감히! 감히!"

영어 선생은 너무 화가 나서 그다음 말은 잇지도 못하겠다는 듯이 떨어 댔다.

"그러니까 그게 아니고……."

나는 머리를 긁적거렸다. 단 한 번도 선생들에게 혼나 본 적 없는 이 모범생은 이런 순간에 어떻게 대처해야 하는지, 전혀 속수무책이었다.

"그게 아니긴 뭐가 아니야!"

"말세야, 말세! 선생님 책상 한 번 닦은 걸 가지고 뭐가 어쩌고 어째?"

여기저기서 욕지거리가 날아왔다. 더 있다가는 몰매 맞을 분위기였다. 나는 후다닥 교무실 밖으로 튀어 나갔다. 등 뒤에서 새 둥지 녀석의 목소리가 들려왔다.

"죄송합니다! 저 녀석이 원래 막 나가는 녀석이라. 제가 잘 타이르겠습니다!"

새 둥지 녀석이 걸레를 들고 뒤따라왔다.

그러거나 말거나, 나는 마구 달렸다. 멈췄다가는 내가 나를 멈출 수 없을 것만 같았다. 새 둥지 녀석을 죽여 버리거나 내가 죽거나, 둘 중 하나였다.

"야! 네 걸레는 네가 가져가야지!"

새 둥지가 내 뒷덜미를 잡아챘다. 내 눈앞에 대고 걸레를 흔들었다.

"죽인다, 너!"

그대로 새 둥지 녀석을 받아 버렸다. 내 생애 최초의 박치기였다. 별이 번쩍번쩍, 사방이 별천지로 변했다. 별들에 휩싸인 채 나는 닥치는 대로 주먹을 뻗었다. 주먹이 새 둥지의 몸에 가서 꽂힐 때마다 신유의 얼굴이 떠올랐다. 나한테는 단 한 번도 보여 준 적 없는 신유의 웃는 얼굴이 자꾸자꾸 나한테 주먹질을 시켰다.

너 뭐야? 대체 어디서 튀어 나온 녀석이야? 엉? 너 같은 녀석이 어째서 신유와 함께 있었던 거냐고! 너 같은 게 감히 나의 신유를!

"절대 용서 못해!"

나는 날아올랐다. 공중에서 몸을 날려 새 둥지를 향해 오른발을 뻗었다. 으악, 비명을 내지르며 새 둥지가 질끈, 두 눈을 감는 것이 보였다. 그러나 탁ㅡ소리와 함께 내 발이 새 둥지의 턱을 쳤다고 생각한 순간, 뒤로 벌렁 나자빠진 사람은 다름 아닌 나, 윤현상이었다.

"이런 꼴통을 봤나."

폴리스맨이 내 발목을 붙들고 서 있었다. 오른발을 휘두른 순간, 발끝에 닿았다고 생각한 것은 새 둥지의 턱이 아니라 폴리스맨의 손이었다.

"오늘부터 정신 개조 프로그램 가동이닷!"

폴리스맨이 내 발목을 비틀며 외쳤다. 검은 선글라스 밑에서 폴리스맨의 두 눈이 이상하리만치 번쩍거리기 시작했다.

그날부터 나는 폴리스맨이 가동한 정신 개조 프로그램에 따라 움직여야 했다. 왜냐고? 그야 달아날 수가 없으니까.

폴리스맨은 담임이 종례를 마치기도 전에 복도에 나타났다. 혹여 내가 도망이라도 갈 때를 대비해서인지 앞문과 뒷문 사이에 버티고 서 있었다. 폴리스맨은 내가 뒷문으로 내빼든 앞문으로 내빼든 상관없이 달려가 잡을 수 있을 만한 곳에 자리를 잡고 서서 교실을, 1학년 1반의 멧돼지들 모두를, 마지막으로는 나를 째려봤다. 이따금 선글라스를 위로 밀어 올리면서 말이다. 그때마다 선글라스 밑에 가려져 있던 칼자국이 드러나며 교실에는 이상한 긴장감이 감돌았다. 종례를 하러 들어온 담임까지도 입이 바짝 마르는지 자주 헛기침을 했다.

폴리스맨이 복도에 나타나면 담임은 종례를 하는 둥 마는 둥 하고는 서둘러 내빼 버렸다. 똥이 무서워서 피하냐, 더러워서 피하지, 하는 식이었다.

그러나 나는? 나는 더러워도 피할 수가 없었다.

"앞으로 갓!"과 함께 나는 뒷문으로 튀어 나간다. 등 뒤에서 엄청난 기를 보내는 폴리스맨을 무진장 의식하면서 앞으로 걸어간다. 폴리스맨을 뒤에 달고 걸어가면 멋모르고 복도를 뛰어다니던 녀석들까지 삽시간에 복도 벽에 바짝 달라붙는다. 눈앞에서 바다가 두 쪽으로 쩍, 갈라진다. 그렇게 나는 홍해를 건너 목적지에 다다른다.

"제자리에 섯!"과 함께 폴리스맨이 눈앞을 가로막고, 폴리스맨의 등 뒤로 계단이 이어진다. 그 계단을 보자마자 나의 두 다리는 부들부들 떨기 시작한다. 예전에는 그저 학교 운동장에서 교실로 올라가는 데 사용했던 계단. 아무 생각 없이 오르내리던 계단. 심지어는 계단을 밟고 올라간다는 생각조차도 하지 않고 그저 무심코 오르내리던 계단. 그러나 정신 개조 프로그램이 가동된 뒤로는 보기만 해도 컥, 숨이 막히는 계단.

그 앞에 폴리스맨이 서 있다.

"오르내리기 시작!"

호루루루!

폴리스맨이 호루라기를 불고 척, 오른팔을 들어 올리면 나는 계단 위로 올라선다. 폴리스맨이 스톱워치를 누르자마자 나는 발꿈치를 들어 올린다. 발끝을 세운다. 발끝만 사용해 한 계단씩 올라간다. 발꿈치가 바닥에 닿거나 하면 처음부터 다시 시작해야 한다.

호루루루!

"처음부터 다시!"

발꿈치가 계단에 살짝 닿기만 해도 폴리스맨이 호루라기를 분다. 아무튼 귀신같이 알아챈다. 정년 퇴임까지 했다니까 분명히 65세는 넘었을 텐데 시력 하나는 끝내준다.

도저히 더는 못하겠다 싶어 주저앉아 버리면, "처음부터 다시!"가 되풀이된다.

그리하여 나는 알게 되었다. K고 운동장에서 학교 건물로 이어지는 계단이 108개로 이루어져 있다는 사실을. 그리하여 또 나는 알게 되었다. 발끝으로 108개의 계단을 밟고 올라간다는 건, 나한테는 도저히 무리라는 사실을.

어느새 정신 개조 프로그램을 시작한 지 한 달이 다 되어가고 있었다. 이 한 달 동안 나는 무슨 꼴을 당해야 했던가!

한번은 다리에 힘이 풀려 그대로 주저앉다 데굴데굴 덱데굴, 계단에서 구른 적도 있다.

"더 이상은 못해요!"

계단 밑에서 나는 소리쳤다. 때려죽인다고 해도 더 이상은 못할 것 같았다. 그랬더니 웬걸? 이 폴리스맨은 기다렸다는 듯이 달려와 내 멱살을 잡아 올렸다.

"될 때까지 복창하랏! 안 되면 되게 하랏!"

멱살을 잡힌 채로 나는 복창했다.

"안 되면 되게 하랏! 안 되면 되게 하랏! 안 되면 되게 하랏! 안 되면 되게 하랏……."

될 때까지 복창을 하라는데, 어떻게 안 할 수 있단 말인가!
 고래고래 소리를 지르다 당장이라도 피를 토하고 죽을 것만 같은 순간이 오면, 내 입은 저절로 닫히고, 내 두 다리는 저절로 계단을 향하게 된다.
 그리하여 마침내 발끝으로 108개의 계단을 끝까지 다 밟고 올라서면…….
 "아몬드가 죽으면 뭐게? 정답은 다이-아몬드!"
 기다렸다는 듯이 새 둥지가 튀어나왔다. 녀석은 저 혼자 한가롭게 계단 끝에 앉아 있다가 내가 나타나면 보기 싫은 면상을 들이밀었다.
 "야, 현상아! 내일은 햄 좀 싸 와라. 어떻게 된 게 만날 김밥이냐?"
 녀석은 심지어 제가 먹을 도시락 반찬의 메뉴까지 정해 주는 것이었다.
 내가 지금 누구 때문에 이러고 있는데? 네가 지금 내 앞에서 반찬 타령이나 할 때냐! 엉?
 화르르, 눈에서 불꽃이 튀고, 나는 녀석을 향해 달려들었다……. 달려들었다고 생각했다. 그러나 녀석에게 달려들기도 전에 나는 앞으로 고꾸라졌다. 그러면 녀석은 기다렸다는 듯이 벌떡 일어나 운동장으로 달아났다.
 "나 잡아 봐라!"

"저, 저, 저 새끼가……."

나는 녀석을 죽여 버리겠다, 기를 쓰고 일어섰지만, 벌써 폴리스맨의 고함 소리가 들려왔다.

"뭐 하낫! 1초 늦을 때마다 오리걸음 열 바퀴 추가닷!"

폴리스맨이 다시 스톱워치를 누르자마자 나는 계단을 뛰어 내려갔다. 다리가 떨리든지 말든지, 숨이 차서 죽을 것 같든지 말든지, 내 머릿속에는 오직 오리걸음 열 바퀴 추가라는 말밖에 떠오르지 않았다.

인간 공이 되어 계단을 굴러 내려가면, 폴리스맨은 다시 척, 오른팔을 들어 올렸다. 그리고 스톱워치를 눌렀다.

호루루루!

"100미터 달리기 실시!"

나는 뛰었다. 죽어라 뛰었다.

"16초 9! 13초로 단축할 때까지 계속이닷! 이상, 훈련 끝! 청소 실시!"

훈련이 끝나면 새 둥지가 집게를 흔들며 달려왔다.

"자, 네 집게!"

새 둥지는 내가 정신 개조 훈련을 받는 동안 아무 하는 일 없이 빈둥거리다가 내가 훈련을 마치면 기다렸다는 듯이 달려와 집게를 내밀었다.

"야, 빨리빨리 하자. 어, 저기 누가 빵 봉지를 버려 놨잖아? 괜찮아, 괜찮아, 내가 주울게."
 폴리스맨 들으라는 듯이 부러 더 큰 소리로 종알거리며 빵 봉지를 향해 달려 나갔다. 그러면 난 집게를 들고 서서 생각하는 것이다.
 폴리스맨과 새 둥지, 누구부터 죽여 줄까?

 저녁마다 집게를 들고 운동장 한복판에 서서 나는 생각했다.
 누구부터 죽여 줄까?
 정답은 새 둥지부터였다.
 기회는 우연히 찾아왔다. 그날도 나는 김밥을 쌌다. 더 정확히 말하면 엄마한테 김밥을 싸 달라고 했다.
 "네가 요새 정신을 차리긴 차렸구나. 도시락을 세 개나 싸 라는 걸 보면 이래선 안 되겠다는 생각이 들었나 보지? 하기야 K고에서도 전교 1등을 못하면 나가 죽어야지. 아휴, 같이 과외하던 애들은 죄다 특목고에 갔는데 너만 이게 웬일이니? 말을 말자, 말을. 무조건 내신으로 밀고 나가야지 별 수 있어? 어떻게 보면 잘된 건지도 몰라. 요새는 스카이 들어가는 방법도 여러 가지잖니. 내신으로 밀어붙이면 외고에 간 것보다 나을 수도 있어. 잘하는 애들 사이에서 꼴등 하는 것보다야 낫지. 안 그래? 너 왜 대답이 없어? 엄마 말 듣고 있는 거야?"

엄마는 또 시작이었다. 내가 외고 시험에 떨어지고 K고로 밀려나면서부터 '내신으로 밀어붙이기'에 대한 전술, 전략을 쉴 새 없이 늘어놓았다. 나는 한 귀로 듣고 한 귀로 흘려야지, 하면서도 잘 안 됐다. 또 화를 내고 말았다.

"이러다 지각한단 말이에요!"

"아니, 얘가 왜 소리는 지르고 그래? 하여간 옛말 틀린 거 하나 없다니까. 꼴통 학교로 떨어지더니 이상한 것만 배워 가지고. 내가 못 살아, 정말!"

엄마는 탁, 소리가 나게 도시락 뚜껑을 덮고는 그대로 안방으로 들어가 버렸다. 이런 식의 아침을 나는 상상도 해 본 적 없다. 예전의 나는 말이다. K고로 떨어진 뒤부터 엄마와 나의 아침은 늘 이런 식이다. 저녁이라고 다를 바 없다. 저녁 식탁에 마주앉자마자 엄마의 넋두리는 시작된다.

"네가 아직 세상을 몰라서 그래. 시작이 다르면 끝이 얼마나 다른 줄 알아? 아빠 봐라. 밤늦게까지 평생 뼈 빠지게 일해서 겨우 이 집 하나 장만했잖아. 이게 다 시작이 달라서 그래. 신유네도 그렇고 다른 집들은 부모가 집 하나씩은 사 줬으니까! 집을 갖고 시작했으니까 재산 늘리고, 자식 유학 보내고 하는 거야. 시작이 다르면 평생 뼈가 가루가 되게 일해도 집 하나 장만하기 힘들다니까. 현상아! 너는 무조건 스카이! 스카이에 가야 남보다 나은 시작을 할 수 있다고!"

엄마에게 나는 엄마의 모든 것이었다. 엄마의 과거이자 현재이자 미래였고 엄마의 꿈이었다. 물려받은 재산도 없고, 남한테 내세울 만한 전문직을 가진 것도 아닌 남편을 만나 어찌어찌, 그럭저럭 살아가는 엄마에게 인생 역전을 가져다줄 로또, 그게 바로 나였다.

그러나 지금의 나는 엄마의 미래도, 꿈도, 로또도 아니다. 그저 엄마의 모든 것을 무참히 짓밟아 버린 버러지다.

그 버러지를 마주할 때마다 엄마는 떠올리게 되는 것이다.

엄마가 낙오자가 되고 말았다는 사실을.

그러나 엄마는 절대로 인정하고 싶지 않은 것이다.

엄마가 실패했다는 사실을.

나는 엄마가 집어 던지듯 식탁 위에 올려놓은 도시락 세 개를 집어 들었다. 신발을 신으며 잠깐 안방 쪽을 돌아봤지만, 안방 쪽에서는 잘 다녀오라는 말 한마디 들려오지 않았다.

"우리 아들, 잘 다녀오세요!"

아침마다 빌라 현관까지 쫓아 내려와 내 머리를 매만지고 교복 깃을 세워 주던 엄마의 모습을 지워 버리려고 나는 몇 번씩이나 고개를 내저으며 문을 나섰다. 빌라 현관 밖에는 나의 보물 1호인 내 자전거가 세워져 있었다.

어떤 상황에서도 나를 기다려 주는 건, 이 녀석뿐인가.

나는 안장에 내려앉은 아침 이슬을 손바닥으로 닦아 내고는 곧장 자전거 위로 올라갔다.

"아차차!"

페달을 밟기도 전에 다시 자전거에서 내려와 가방을 열었다. 도시락 두 개에다 퉤퉤퉤, 한 번씩 침을 뱉어 주고는 다시 뚜껑을 닫았다. 그리고 나서야 좀 기분이 나아졌다.

"<u>ㅎㅎㅎ</u>"

나는 K고에 들어간 뒤 처음으로 웃으며 학교에 갔다.

교문 앞엔 벌써 폴리스맨이 와서 나를 기다리고 있었다. 정확히 말하면 내가 싸 온 도시락을 말이다.

내가 새 둥지를 향해 오른발을 들어 올리다 발목을 붙잡힌 순간, 폴리스맨은 나더러 이제부터 새 둥지와 자기가 먹을 아침 도시락을 싸 오라고 했다. 무조건 폭력을 휘두르고 보는 너 같은 녀석은 남을 위해 봉사하는 정신을 키워야 한다나 뭐라나. 그것이 내가 아침마다 이 징글징글한 인간들의 도시락까지 싸 와야 하는 이유였다.

폴리스맨이 척, 오른손을 내밀었다. 도시락 내놓으라는 신호였다. 간신히 7시 정각에 맞춰 교문 앞으로 달려온 새 둥지도 오른손을 내밀었다. 도시락 내놓으라는 신호였다.

"또야? 야! 오늘은 햄 좀 싸 오라고 했잖아!"

폴리스맨보다도 먼저 도시락 뚜껑을 연 새 둥지가 볼멘소리를 했다.

"편식은 금물이닷! 내일부턴 김밥 빼고! 이상, 잡소리 끝, 달리기 시작!"

폴리스맨은 자기 도시락만 달랑 챙겨 들고 나무 그늘 밑으로 갔다. 나와 새 둥지는 운동장으로 달려갔다. 그리고 곧장 1,000미터 달리기를 시작했다. 나와 새 둥지가 정신 개조라는 이유로 아침부터 1,000미터를 뛰는 동안 폴리스맨은 도시락을 먹었다.

영감! 내 침 맛이 어떠냐?

폴리스맨의 입으로 김밥이 들어갈 때마다 내 입에서는 괜히 웃음이 튀어나왔다.

"크크크……"

"야! 너 또 몽정했냐? 너 요새 굉장히 자주 한다?"

새 둥지가 제 어깨로 내 어깨를 툭, 쳤다.

나는 앞만 봤다.

"야! 내가 진짜 좋은 거 보여 줄까?"

새 둥지가 히죽, 웃었다. 그러고는 나뭇가지로 운동장 바닥에 그림을 그리기 시작했다.

"최소한 이 정도 곡선은 되어야 여자지."

녀석이 보여 준다는 좋은 거란, 여자였다. 실오라기 하나 걸치지 않은 여자의 누드! 아침부터 운동장 바닥에 여자 누드를 그리다니! 이 녀석의 뇌는 대체 어떻게 생겨먹은 걸까?

"미친놈."

나는 녀석이 운동장 바닥에 그려 놓은 벌거벗은 여자를 손으로 지워 버렸다.

"뭐야? 이 여자가 맘에 안 들어? 그럼 이런 건 어때?"

녀석은 깡총, 옆으로 옮겨 앉더니 다시 더 야한 포즈의 여자를 그리기 시작했다.

참자. 여기서 못 참으면 싸 올 도시락이 두 배로 늘어날지도 모른다. 나는 정신 개조 훈련 더하기 인내심 훈련 모드로 들어갔다. 다행히 녀석은 폴리스맨이 "동작 그만."을 외치자마자 도시락을 챙겨 운동장 구석의 창고 쪽으로 뛰어갔다. 녀석 대신 나는 또 녀석이 운동장 바닥에 그려 놓은 여자 누드를 서둘러 지워야 했다.

참자. 참아.

어느새 7시 30분이 되어 가고 있었다. 교문 쪽에서 슬슬 아이들의 말소리가 들려오기 시작했다. 아침 식사를 끝낸 폴리스맨은 처벅처벅, 발소리도 요란하게 교문 앞으로 걸어갔다. 나는 폴리스맨을 뒤로하고 교실을 향해 걷기 시작했다.

"정지! 잔반 챙겨랏!"

부르는 소리에 돌아보니, 폴리스맨이 나무 그늘 아래 벌여

놓은 도시락을 가리켰다. 으이씨, 입에서 욕이 튀어나왔지만 참고 도시락을 챙기러 갔다.

혀로 핥기라도 한 것일까?

도시락 밑바닥에는 밥풀 하나 붙어 있지 않았다.

폴리스맨이 먹은 도시락 밑바닥을 살펴보고 있는데, 운동장 저쪽, 망가진 책상이나 의자 따위를 쌓아 두는 창고 쪽에서 "흐흐흐." 하는 이상한 웃음소리가 들려왔다.

새 둥지 녀석, 대체 뭘 하고 있는 거냐?

몰래 가서 봤더니, 역시나. 녀석은 창고 벽에 분필로 여자와 남자를 그리고 있었다. 더 정확히는 실오라기 하나 걸치지 않은 남녀가 부둥켜안고 있는 그림을. 거의 춘화 수준이었다.

나는 휙, 등을 돌렸다. 처벅처벅, 발걸음도 요란하게 교문 앞으로 걸어갔다.

"뭐냐?"

폴리스맨의 물음에 나는 척, 오른손을 들어 올렸다. 손끝으로 창고를 가리켰다. 순간 폴리스맨의 왼쪽 눈썹이 위로 올라갔다. 그러고는 사냥개가 사냥감을 향해 돌진하듯 창고 쪽으로 튀어 갔다.

잠깐의 침묵. 뒤이어 퍽— 퍽— 퍽.

무언가와 무언가가 맞부딪치는 소리가 들리는가 싶더니,

창고 뒤쪽에서 새 둥지가 끌려 나왔다. 폴리스맨에게 귀 하나를 잡힌 채로.

"머리에 피도 안 마른 것이 아침부터 이딴 거나 그리고!"

"이딴 거라뇨? 예술이라고요, 예술!"

새 둥지는 귀를 잡힌 채로도 쫑알거렸다.

그리하여 새 둥지 역시 방과 후의 정신 개조 훈련에 끌려 나오게 되었다.

"오늘부터 너희 두 사람의 썩은 정신 상태를 완전히 개조해 주겠다!"

방과 후, 운동장에 나타난 폴리스맨은 바통 하나를 넘겨주었다. 그날부터 방과 후 정신 개조 프로그램에는 100미터 달리기, 1,000미터 달리기, 발끝으로 계단 오르기, 제자리 멀리뛰기에 '이어달리기'라는 종목이 하나 더 추가되었다.

"똑바로 못하낫! 야! 너, 머리 삐죽삐죽! 동료가 달려오는 걸 잘 보고 튀어 나가란 말이닷! 야! 너, 머리 삐죽삐죽! 바통 하나 제대로 못 넘겨주낫! 머리 삐죽삐죽! 너만 오리걸음 열 바퀴 더 추가닷!"

"크크크."

새 둥지가 폴리스맨에게 욕을 먹을 때마다 내 입에서는 "ㅎㅎㅎ."가 아니라 "크크크."가 흘러나왔다. 한 번은 웃다가 바통으로 머리를 한 대 맞은 적도 있다. 그러나 조금도 속상

하지 않았다. 새 둥지는 나보다 몇 배 더 괴롭힘을 당하고 있었으니까. 나 혼자 당한다고 생각할 때는 견딜 수 없던 일도, 남도 당한다고 생각하면 그럭저럭 견딜 만해지는 것이다.

그러나 새 둥지는 안 그런 모양이었다.

방과 후의 정신 개조 훈련을 일주일쯤 받고 나더니, 갑자기 내게 찰싹 달라붙는 것이었다. 오리걸음을 하다 말고 내 쪽으로 엉덩이를 밀어붙이며 새 둥지가 귓속말을 했다.

"야! 이거 계속해야겠냐?"

나는 앞만 봤다. 앞만 보고 있는 이상 새 둥지의 머리 위에서만 별이 번쩍할 테니까.

"어때? 나하고 손잡고 저 인간 몰아내 볼래?"

새 둥지가 손 하나를 내밀었다.

너하고 손을 잡는다고?

새 둥지가 내민 손을 보자마자 그날 밤의 일이 떠올랐다. 신유 옆에서 까꿍거리던 놈의 면상이.

"미친놈!"

나는 앞만 봤다. 죽을 때까지 폴리스맨에게 정신 개조 훈련을 받으면 받았지 새 둥지 따위와 손잡고 싶지는 않았다.

"야! 진짜라고! 저 인간 저거, 우리 학교에 있는 한 너랑 나랑 계속 이 짓을 해야 할걸? 왜냐? 우리가 없으면 할 일이 없으니까. 배움터 지킴이랍시고 거들먹거리려면 몇 놈 잡아

본보기를 내세워야 할 거 아니냐. 너랑 나랑 완전 그거라고. 저 영감 밥! 나한테 진짜 죽이는 계획까지 있단 말이야. 너, 짭새가 가장 무서워하는 게 뭔지 알아?"

거기서 잠깐, 나는 새 둥지를 향해 고개를 돌렸다. 순간, 나무 그늘 아래 앉아 있던 폴리스맨과 눈이 마주쳤다. 나와 눈이 마주치자마자 폴리스맨이 벌떡 일어섰다.

"비리! 짭새들은 비리만 캐내면 바로 이거야."

새 둥지가 왼손으로 제 목을 긋는 시늉을 했다.

새 둥지 너머로 폴리스맨이 걸어오는 것이 보였다.

처벅처벅.

발소리가 점점 더 가까워지고 있었다.

계속 저 영감탱이의 밥으로 있을 것인가, 이 녀석과 손 한 번 잡고 깨끗이 끝내 버릴 것인가.

"너, 진짜 계획이 있긴 한 거야?"

새 둥지가 고개를 끄덕거렸다. 그리고 다시 나한테 손을 내밀었다.

"뭣들 하나!"

폴리스맨이 호루라기를 불며 다가오고 있었다.

일단은 적과의 동침이닷!

나는 얼른 새 둥지가 내민 손에 내 손을 포갰다.

제4장
최고의 방어는 공격

꿈에 오토바이를 갖고 있었다.

뿌와왕—!

오토바이에 올라탄 폴리스맨이 가속 페달을 밟으며 K고를 빠져나갔다.

"저 영감 저거, 완전 폭주족이네. 야! 빨리 가, 빨리!"

뒷자리에 앉은 새 둥지가 쫑알댔다. 나는 죽어라 페달을 밟는데, 저는 뒷자리에 편히 앉아 쫑알대기나 하다니! 생각 같아서는 당장 내리게 하고 싶었지만, 그러나 일단은 적과의 동침이었다.

나는 서둘러 폴리스맨을 뒤쫓아 갔다. 폴리스맨의 오토바이는 벌써 대로를 질주하고 있었다. 자전거로 오토바이를 쫓아가겠다는 발상 자체가 어째 미덥지 않았다. 이 미덥지 않은 발상은 물론 새 둥지의 머리에서 나온 거였다.

"작전? 호랑이를 잡으려면 일단 호랑이 굴로 들어가야지. 오늘부터 저 영감탱이 뒤를 밟는 거야. 뒤를 밟다 보면 분명히 뭔가 하나는 걸리지 않겠냐? 너, 경찰 중에 비리 없는 경찰 봤어? 저 인간도 분명 비리 경찰관이었을 거야. 술 마시고 원조 교제를 한다거나 아내를 때린다거나 노상 방뇨를 한다던가, 아무튼 청소년 선도를 하기에는 적당하지 않은 사람이다! 이걸 증명할 수 있는 사진 한 장만 찍으면 바로 게임 끝이라고!"

말은 그럴 듯했다. 그래서 나는 고개를 끄덕거렸다. 그러나 그때는 아주, 아주 중요한 사실 하나를 전혀 고려하지 않았다는 걸, 자전거에 올라타고 나서야 깨달았다. 죽어라 페달을 밟아야 하는 사람은 새 둥지가 아니라 바로 나라는 사실을. 왜?

"나? 나, 자전거 못 타!"

그리하여 나는 페달을 밟고, 녀석은 뒷자리에서 쫑알대기나 하는 것이다.

"야, 너 진짜 이렇게밖에 못해? 쫓아가, 쫓아가라고! 이러다 진짜 놓치겠네!"

새 둥지가 내 허리를 붙잡고 흔들었다. 뒤에서는 빵빵, 차들이 경적을 울려 댔다. 폴리스맨은 뿌와왕―, 저 멀리 사라져 가고 있었다. 아슬아슬하게 오른쪽으로 커브를 꺾으며 폴리스맨을 따라잡았다고 생각한 순간, 골목에서 튀어나온 학원 차가 앞을 가렸다.

"야! 이 새끼들아! 너희들 죽으려고 환장했냐?"

운전석 창문이 열리고 운전사가 머리를 내밀었다. 어느새 새 둥지는 자전거에서 내려 저만큼 달아나 있었다. 욕은 나만 처먹었다. 잘못했습니다, 죄송합니다, 연신 허리를 굽실거리는데 저만치에서 어디서 많이 듣던 소리가 들려왔다.

호루루루!

"동작 봐랏!"

폴리스맨이었다. 폴리스맨 앞에는 십 대로 보이는 남자애 둘이 머리를 조아리고 서 있었다. 폴리스맨은 오토바이를 길가에 세운 채 불량 청소년들을 선도하는 중이었다.

"헬멧은 목숨 줄이닷! 골 터져서 죽은 애들 여럿 봤다! 오늘 너희들 골 한번 터져 볼 테냐? 엉? 당장 오토바이에 올라타랏!"

폴리스맨은 헬멧 안 쓰고 대로를 질주하던 녀석들에게 다시 오토바이에 올라타라고 난리였다. 녀석들은 어쩔 줄 몰라 하며 오토바이에 올라탔다. 녀석들이 오토바이에 올라타자마자 폴리스맨은 기다렸다는 듯이 자기 오토바이에 올라탔다. 그러고는 녀석들을 향해 외쳤다.

"자, 봐! 보란 말이닷! 박으면 골이 터지나, 안 터지나 똑똑히 보란 말이닷!"

뿌와왕—!

폴리스맨의 오토바이가 녀석들의 오토바이를 향해 곧장 달려갔다.

"우왓! 사람 살려! 살려 주세요! 다시는 안 그럴게요!"

헬멧 안 쓴 불량 청소년들은 비명을 내지르며 오토바이에서 뛰어내렸다. 한 놈은 데구르르, 땅바닥에서 구르기까지 했다.

뿌와왕—!

달려오던 폴리스맨의 오토바이가 녀석들 코앞에서 멈춰 섰다. 녀석들은 거의 얼이 나간 표정이었다.

"복창하랏! 헬멧은 목숨 줄이닷!"

"헤, 헬멧은! 목숨 줄이닷!"

불량 청소년들은 손이 발이 되도록 빌며 복창 또 복창했다. 그 와중에도 폴리스맨은 오토바이의 가속 페달에서 발을 떼지 않고 있었다. 여차하면 진짜로 녀석들의 오토바이를 향해 언제든 다시 달려들 태세였다.

"어휴, 저 싸이코 영감."

학원 차의 운전사가 혀를 내둘렀다. 폴리스맨에게 완전히 질려서일까? 운전사는 그 길로 곧장 갈 길을 가 버렸다. 눈앞을 가로막고 있던 학원 차가 사라지자 코앞에 바로 폴리스맨이 나타났다.

뿔싸뿔싸 아뿔싸!

폴리스맨이 무언가를 눈치챈 듯 홱— 고개를 돌렸다. 내쪽으로. 젠장. 걸렸구나, 싶었다. 그러나 그때! 폴리스맨이 잠깐 한눈을 판 사이에 헬멧 안 쓰고 날뛰다 붙잡힌 불량 청소년들이 오토바이에 다시 올라탔다.

뿌와왕—!

녀석들은 도저히 따라잡을 수 없는 속도로 도망가 버렸다.

호루루루! 호루루!

"꼼짝 마랏! 지옥 끝까지 따라가 주맛!"

뒤이어 폴리스맨도 뿌와왕— 가속 페달을 밟았다. 17년을 살면서 그토록 빨리 달리는 오토바이는 본 적이 없었다.

"나이스 샷! 야, 찍었어, 찍었어! 추격!"

어느새 다시 나타난 새 둥지가 뒷자리에 올라탔다. 위험할 땐 나 몰라라 혼자 튀었다가 이제 와서 추격이라니!

나는 페달 위에 올려놨던 발을 땅바닥에 내려놨다. 두 발로 땅을 딛고 서서 핸들을 위로 잡아 올렸다. 먼지를 털듯 자전거를 흔들었다. 쿵, 소리와 함께 자전거가 가벼워졌다.

"야! 인마! 같이 가! 야!"

뒤쪽에서 새 둥지의 째지는 목소리가 들려왔지만 그러거나 말거나, 나는 페달을 밟았다. 골목을 빠져나오자 큰길이 나왔다. 그런데 큰길 바로 옆이 하필이면 H예고였다.

그날 밤 뒤로는 절대로 오고 싶지 않은 곳이 바로 H예고 앞이었다. 나는 곧장 앞만 보고 H예고 앞 대로를 달렸다. 그때 몇몇 여자아이들이 무리 지어 교문을 빠져나왔다. 나는 혹시나 하는 기대로 곁눈질을 하고 말았다. 연두색 바탕에 검은 체크무늬 치마들이 바람에 살랑거렸다. 푸른 나뭇잎들이 햇빛을 받아 반짝, 하고 빛나는 듯했다.

"나 교복 찾아왔는데 한번 볼래? 진짜 예쁘지? 나, 이 교복 진짜 입고 싶었어. H예고 교복 입은 언니들만 보면 얼마나 부러웠는데……."

마지막 영어 과외를 받던 날, 신유는 종이봉투에 들어 있는 교복을 꺼내며 환하게 웃었다. 그러나 신유는 알고 있을까? 내 앞에서 교복 상의를 몸에 대 보던 신유가 너무 예뻐서 나는 그만 기가 질려 버리고 말았다는 사실을. 신유가 기뻐하며 종이봉투에서 꺼낸 그 교복이 나한테는 신유와 나를 갈라놓는 경계선처럼 느껴졌다는 사실을.

"시작이 다르면 평생 죽어라 쫓아가도 안 돼!"

신유가 H예고의 교복을 꺼내는 순간, 엄마가 입버릇처럼 되뇌던 말이 나를 후려쳤다. 이제 신유와 나는 시작부터 다른 처지가 되어 버린 것인가? 특목고 중에서도 스카이에 학생들을 가장 많이 보낸다는 H예고와 몇 년째 스카이는커녕 서울에 있는 4년제 대학에도 학생들을 몇 명 보내지 못한다는 K고. 시작부터 이렇게 다른데, 과연 언제까지 내가 신유 옆에 친구로 남을 수 있을까?

그래서 나는 신유가 H예고의 교복을 몸에 대 보며 "어때?"라고 물었을 때, 방문을 닫고 나와 버릴 수밖에 없었다. 그리고 그날, 신유 엄마가 찾아와 말했다. 이제 영어 과외는 같이할 수 없게 되었다고.

나는 기억하기 싫은 악몽을 쫓아 버리려는 듯 고개를 내저었다.

한참을 달려 언덕을 넘자, K고에서 H예고까지 대로를 달릴 때는 볼 수 없던 풍경이 눈앞에 펼쳐졌다. 여기 이런 동네가 있었나 싶을 만큼 언덕 위의 풍경은 낯설었다. 집들은 대부분 오래된 한옥이었다. 재개발이 진행될 예정인지 곳곳에 현수막이 걸려 있었다. 현수막이 걸려 있는 집들은 사람이 살지 않는 듯했다.

이런 동네에는 대체 어떤 사람들이 사는 걸까.

나는 멈춰 서서 저녁 어스름이 내려앉고 있는 집들을 둘러봤다. 창문이 깨지고 문이 떨어져 나간 집들은 어떤 말 못할

비밀을 간직하고 있는 듯했다. 우우우, 바람이 불자 오래된 집들의 문이 덜커거렸고, 어디선가 낮게 신음하는 소리가 들려오는 듯했다.

 나는 페달을 밟은 발에 힘을 주었다. 길은 계속 오르막이었다. 할 수 없이 자전거에서 내려 오래된 집들 사이를 걸어갔다. 길은 점점 좁아졌다. 사람 한 명이 간신히 지나갈 만큼 좁은 골목을 빠져나오자 내리막길이 나왔다. 동네 구멍가게가 보이고 어디선가 사람들의 말소리가 들려왔다. 그제야 마음이 놓였다. 어둡고 긴 터널을 빠져나온 기분이었다.

 눈앞에 길게 이어져 있는 내리막길을 내려다보자 언제까지나 신 나게 달릴 수도 있을 것만 같았다. 문득 내리막길을 달려 내려가는 기분은 어떨까 하는 생각이 들었다. 그러고 보니 나는 이제껏 오르막길만 올랐지, 내리막길은 내려가 본 적이 없다는 생각이 들었다.

 "좋았어! 곧장 내려가는 거야!"

 나는 다시 눈앞의 내리막길을 내려다봤다. 핸들을 꽉 쥐었다. 이제 달려 내려갈 준비는 끝났다. 페달을 밟으려 하는데 내리막길 끝에서 오토바이 한 대가 나타났다.

 뿌와왕―!

 저, 저 소리는?

 폴리스맨이었다. 폴리스맨은 무서운 속도로 나를 향해 달려왔다. 나를 향해 달려오는 것처럼 보였다는 말이다.

"으이구, 저 인간 또 왔네."

폴리스맨의 오토바이 소리가 들려오자 구멍가게 안에서 머리가 희끗희끗한 할머니 한 분이 밖으로 나왔다. 구멍가게 할머니는 연신 부채질을 하며 폴리스맨을 쳐다보더니 퉤, 침을 뱉었다. 그러고는 다시 안으로 들어가 버렸다.

나는 얼른 자전거에서 내려 방금 빠져나온 골목 안으로 몸을 숨겼다. 폴리스맨이 내리막길 중간쯤에 오토바이를 세웠다. 오토바이 앞에 이층집이 있었다. 그 이층집은 상당히 오래전에 지어진 듯했다. 그러나 담 너머로 보이는 감나무라든지 육중한 철제 대문 등으로 미루어 짐작하건대 한때는 꽤 잘살았던 집인 듯했다.

그 이층집 앞에 오토바이를 세우고 폴리스맨은 담 너머 감나무를 올려다보고 있었다. 한 상 배부르게 잘 차려 먹고 난 사람 같은 표정으로.

"쳇! 저기가 저 인간 집인가? 누가 자기네 감이라도 따 갈까 봐 지키는 거야, 뭐야?"

나는 핸들을 돌려 왔던 길로 다시 내려갔다. 어쩌다 이런 길로 와 버렸나, 조금 짜증이 났다. 그래도 폴리스맨의 집을 알아냈다는 뜻밖의 수확을 거둔 날이었다.

자전거를 현관 앞에 세우는데 부르르, 진동이 왔다.

잠깐 나올 수 있니?

신유에게서 온 문자 메시지였다. 나는 재빨리 주위를 살폈다. 혹시 신유가 벌써 주위에 와 있는 것은 아닐까, 불안했다. 자전거에서 내려 팔을 들고 킁킁, 겨드랑이 냄새를 맡았다. 지독했다. 하루 종일 공부는 안 하고 정신 개조 훈련 같은 걸 받아서인지 내 몸에서는 학생 냄새가 아니라 군인 냄새가 났다.

이런 꼴을 하고 신유를 만날 수는 없다. 무슨 용건인지는 몰라도, 내가 신유라면 대화를 나누기도 전에 도망가 버릴 거다. 내 지독한 땀 냄새에.

나는 후다닥 계단을 뛰어 올라갔다. 그런데 현관문을 열기도 전에 뒤에서 "현상아!" 하고, 나를 부르는 소리가 들려왔다. 돌아보지 않아도 누군지 알 수 있었다. 얼마 전까지만 해도 하루에 수십 번씩 들었던 그 목소리, 바로 신유였다.

"현상아!"

계단 아래에 서 있던 신유가 위로 올라오기 시작했다. 좁은 계단에 있으면 땀 냄새가 더 날 게 뻔했다. 나는 거의 구르다시피 계단을 달려 내려갔다. 신유는 내 기세에 놀라 "악!" 소리를 내지르며 계단 아래로 물러섰다.

"너…… 괜찮아?"

신유는…… 이해할 수 없다는 표정을 하고 내 쪽으로 다가왔다.

"안 돼! 거기 서 있어!"

나는 화들짝 놀라며 뒤로 물러섰다. 내 갑작스런 반응에 신유가 우뚝, 멈춰 섰다.

"너, 왜 그래?"

왜 그러냐고? 그러게 말이다. 내가 대체 왜 이래야 되는 건지, 나도 설명하고 싶었다. 그러나 어떻게 설명한단 말인가! 늘 반장만 도맡아 해 오던 내가 K고로 떨어지자마자 교장실로 불려 가 혼이나 나고 있다고? 그뿐 아니라 배움터 지킴이랍시고 불량 학생 선도에 목숨 거는 영감탱이한테 걸려서 특별 관리까지 받고 있다고? 특별한 문제아가 되어 이제는 방과 후에 정신 개조 훈련까지 받고 있다고? 내 입으로 이런 걸 대체 어떻게 설명한단 말인가!

나는 아무 말도 할 수 없었다. 내가 아무 말 없이 신유의 얼굴만 뚫어지게 쳐다보자, 신유는 주위를 두리번거리기 시작했다. 내가 미치기라도 했다고 생각한 걸까? 신유의 얼굴에 언뜻 두려운 기색이 스쳐 지나갔다. 주위에 아무도 없다는 사실이 새삼 신경 쓰이는 모양이었다.

어색한 침묵이 계속되자, 신유가 주춤주춤 뒤로 물러서기 시작했다. 다가오지 말라고 한 사람은 나였지만, 그러나 막상 신유가 뒤로 멀찍이 물러서자 뭐라고 형용할 수 없는 감정이 나를 덮쳤다.

"무슨 일인데?"

나도 모르게 그만 퉁명스럽게 말해 버리고 말았다. 신유는 당장이라도 눈물이 떨어질 것 같은 눈으로 나를 바라봤다.

"너, 진짜 왜 그래? 너 정말 내가 아는 현상이 맞아?"

신유는 무슨 말인가를 하려다 말고 입술을 깨물었다. 그러고는 곧장 등을 돌려 달려가 버렸다. 어둠 속에서 신유가 뛰어가는 소리만 크게 들려왔다.

"이게 뭐야! 이게 뭐냐고!"

나는 허공에다 대고 주먹질을 했다. 그러나 아무리 주먹을 날려도 내 주먹이 가서 닿을 곳은 없었다. 마침내 멀어져 가던 신유의 발소리마저 들리지 않게 되자, 나는 신유네 집으로 걸어갔다.

신유네 집은 같은 빌라촌 D동의 3층이다. 나는 3층까지 올라가 신유네 현관문 앞에 섰다. 이런 식으로 너를 만나고 싶지는 않았다고, 어쩌면 정말 나, 조금 이상해졌는지도 모른다고. 그러나 네 문자 메시지를 받고 실은 정말 기뻤다고……. 나는 그런 말들을 하고 싶었다. 그러나 신유네 집 안쪽에서 말소리가 들려오자 나도 모르게 계단을 뛰어 내려와 버렸다.

숨을 고르며 위를 올려다봤다. 신유 방에 불이 켜져 있었다. 커튼 너머로 검은 그림자가 어른거렸다. 아마도 신유가 방 안을 서성이는 듯했다.

"실은 네 문자 받고 정말 기뻤어……."

나는 신유의 그림자를 향해 나직하게 속삭였다. 그러자 나쁜 짓을 하다 들킨 사람처럼 괜히 가슴이 뛰었다. 그런 내가 견딜 수 없었다. 나는 흡, 숨을 한 번 들이마시고 집을 향해 돌아섰다.

그때 진동으로 설정해 놓은 휴대폰이 울렸다.

엄마가 그러는데, 다음 주부터 너랑 나랑 다시 영어 과외 받는다더라.

신유의 문자 메시지였다. 나는 휴대폰을 든 채로 신유 방을 올려다봤다. 신유는 고개를 숙이고 창가에 서 있었다. 휴대폰으로 문자 메시지를 보내는 모양이었다. 신유가 손을 멈추고 몇 초 지나지 않아 내 휴대폰이 다시 부르르 떨어 댔다.

답이 없네. 넌 싫어?

신유에게서 다시 온 문자 메시지를 몇 번씩이나 들여다봤다. 믿을 수 없었다. 신유와 내가 다시 함께 공부를 하게 되었다니! 너무 좋아서 소리라도 지르고 싶었다. 기쁜 마음에 아니라고, 나도 좋다고, 답 문자를 찍고 있는데 신유에게서 다시 문자 메시지가 날아왔다.

너 혹시, 이승준이라는 애 알아?

나는 답 문자를 찍다 말고 고개를 갸웃거렸다. 이승준? 이승준, 이승준…… 누구더라? 어디서 많이 듣던, 아니 많이 봤던 이름인데…… 뭐? 이승준! 나한테 지금 이승준을 아느냐고 물은 거야? 그야 알다마다! 이승준이란 녀석은 그러니까…… 새 둥지잖아! 그런데 어째서? 하필이면 지금 이승준이냐? 엉?

나는 신유에게 보내려고 찍었던 문자 메시지를 삭제해 버렸다. 나하고 다시 영어 과외를 하게 되었다는 문자 메시지를 보내자마자 바로 이승준이란 녀석의 이름을 들먹거리다니! 나는 신유의 마음을 도저히 알 수 없었다. 아니, 알고 싶지도 않았다.

그 뒤로도 몇 번 내 휴대폰은 부르르 떨어 댔지만 나는 곧장 집으로 돌아가 휴대폰을 책상 서랍 속에 넣어 버렸다. 그러고는 방문을 걸어 잠그고 이불을 머리 위까지 뒤집어썼다.
"지금이 몇 시야? 도대체 어딜 그렇게 싸돌아다니다 온 거야? 엉? 윤현상, 너, 문 안 열어? 야! 문 열어 봐. 아니, 얘가 진짜…… 너, 그거 알아? 신유랑 다음 주부터 다시 영어 과외 하기로 했단 말이야! 문 좀 열어 봐!"
문밖에서 잔뜩 화가 난 엄마의 목소리가 들려왔다. 그러나 한번 침대 맛을 본 내 몸은 자리에서 일어나려고 하질 않았다. 계단 오르내리기와 자전거 페달 밟기를 하느라 지칠 대로 지친 내 몸은 내가 고민을 하거나 말거나, 내가 화가 났거나 말거나, 전혀 상관하지 않았다. 그러니까 침대에 눕자마자 곯아떨어졌다는 얘기다.

다음 날 아침, 내 컨디션은 최악이었다. 도저히 더 이상은 무리야, 하고 몸이 신호를 보내왔다. 난생처음 '결석'이란 단어가 머리를 가득 채웠다.
"결석을 하겠다고? 너, 제정신이야?"
엄마는 도시락을 싸다 말고, 밥주걱을 설거지통에 집어 던졌다. 쾅, 소리가 어찌나 크던지 주걱으로 한 대 얻어맞은 것처럼 뺨이 화끈했다.

"어깨도 쑤시고 다리도 아프단 말이야!"

볼멘소리를 했지만 소용없었다.

"공부하는데 다리가 왜 아파? 어깨가 왜 쑤셔? 공부를 머리로 하지 다리로 해? 꼴통 학교 들어가더니 너, 정말 이상해졌다. 그러니까 뭐야? 아침마다 엄마한테 도시락을 세 개나 싸 달라고 한 이유가 다리 쑤시도록 뛰어놀려고 그런 거야? 엉?"

괜히 말을 꺼냈다가 본전도 못 찾고 하마터면 도시락까지 못 가져갈 뻔했다. 간신히 자전거에 올라탔다. 그러나 K고 앞에 도착했을 때는 이미 7시가 넘은 시각이었다.

호루루루! 호루루!

"동작 봐랏!"

폴리스맨은 마치 한 건 올린 세일즈맨 같은 얼굴을 하고 뛰어왔다. 그 얼굴에다 대고 나는 뭐라고 지껄였단 말인가!

"도저히 더 이상은 못하겠다고요. 제 다리 좀 보세요. 걷기도 힘들다고요. 이건 뭐 체육 특기생도 아니고……."

말이 끝나기도 전에 폴리스맨이 얼굴을 들이댔다. 물론 선글라스를 위로 들어 올리고. 폴리스맨이 내 앞에다 바짝 얼굴을 들이민 순간, 훅— 하고 지독한 입 냄새가 나를 강타했다. 어찌나 지독하던지 숨을 쉴 수도 없었다.

"고통은 정신 개조의 필수 사항이닷! 고로, 오늘은 방과 후에 특훈이닷!"

폴리스맨은 내 코에 자기 코를 맞댄 채 외쳤다. 지독한 입 냄새에 소름 끼치는 침 세례까지! 나는 거의 얼이 나가 버렸다. 이 폴리스맨이란 작자는 이런 식으로 대체 얼마나 많은 민간인들을 고문했을까?

"뭐 하낫! 아침 훈련 실시! 오리걸음 두 바퀴 추가!"

호루루루! 호루루!

폴리스맨은 무슨 요리 주문하듯 벌칙을 외치고는 곧장 손바닥을 내밀었다. 도시락 달라는 뜻이었다. 나는 엄마한테 무릎을 꿇고 빌다시피 해서 싸 온 도시락을 넘겨줘야 했다.

새 둥지는 벌써 와서 기고 있었다.

"난 벌써 한 바퀴 돌았지!"

새 둥지가 혓바닥을 낼름거렸다. 정말 너란 녀석은! 절로 주먹이 올라갔지만, 등 뒤에는 폴리스맨이 있었다. 나는 가만히 쪼그려 앉았다. 엉금엉금 기어가며 스스로에게 질문을 던졌다.

왜? 어째서 K고로 떨어진 뒤로는 걸핏하면 주먹질을 하고 싶다는 생각을 하게 된 걸까? 나는 실은 폭력적인 인간인 걸까? 그렇다면 지금까지의 내 삶은 본능을 숨기려는 처절한 노력의 결과였단 말인가? 내가 오리걸음을 하며 지킬 박사와 하이드에 대해, 더 나아가 인간의 양면성에 대해 철학적인 고찰을 하고 있을 때, 뒤따라오던 새 둥지가 무릎으로 엉덩이를, 더 정확히는 엉덩이 사이의 가장 중요한 거시기를 쿡, 찔렀다.

"와우! 은근히 섹시한데?"

나는…… 인간이 어떤 순간에 하이드가 되는지 답을 내릴 수 있었다. 바로 이런 순간이었던 거다.

"이승준, 너 진짜!"

녀석의 멱살을 잡았다. 녀석이 캑캑거렸다. 나는 폴리스맨이 나한테 한 것처럼 녀석의 코에 내 코를 맞댔다. 입 냄새에 덤으로 침 세례까지 퍼부어 줄 작정이었다.

"뭐, 계획? 작전? 너 때문에 죽어라 페달만 밟았잖아!"

나는 부러 더 크게 입을 벌리고, 더 깊게 숨을 내쉬고, 더 많이 침을 튀겨 가며 말했다. 그러나 새 둥지는 끄떡도 안 했다. 새 둥지가 입을 열자마자 화들짝 놀라며 뒤로 물러선 쪽은 오히려 나였다.

"그래서 먹혔잖아! 찍었다고, 찍었단 말이야!"

새 둥지가 입을 벌리자 아찔할 정도의 악취가 코를 찔렀다. 이 녀석, 실은 태어나서 한 번도 양치질이란 걸 해 본 적이 없는 게 아닐까? 신유는 어떻게 이런 녀석과 바짝 달라붙어서 걸을 수 있었지? 이런 정도의 썩은 내에도 아무렇지 않을 수 있다면, 그렇다면 어제의 내 땀 냄새 같은 것은 신유한테는 애들 장난 수준이었던 거잖아!

"뭐야, 그럼!"

나는 새 둥지의 멱살을 잡고 있던 손으로 이번에는 내 머리를 쥐어뜯었다. "안 돼! 거기 서 있어!"는 대체 뭐였단 말인가?

"야야야야, 흥분하지 마, 흥분하지 마. 보여 준다니까. 이거 보라고. 어제 저 영감탱이가 폭주족들 단속한답시고 오토바이로 들이받으려고 한 거, 너도 봤지? 그게 선도냐? 완전 깡패지. 내가 그걸 찍었다니까. 달리는 것도 찍었어. 이거 완전 고발감이라고!"

새 둥지가 주머니에서 휴대폰을 꺼냈다. 내 얼굴에 휴대폰을 들이밀었다. 그래, 이거라도 찍었으니 이게 어디냐, 마음이 조금 누그러졌다. 나는 녀석의 휴대폰을 뚫어져라 쳐다봤다. 그러나 대체 뭘 보라는 것일까?

녀석의 휴대폰 속에서 폴리스맨은 완벽했다.

"봤지? 완전 조폭 아니냐?"

새 둥지가 뚫린 입이라고 또 지껄여 댔다. 나는…… 할 말을 잃었다. 녀석이 찍었다는 건, 동영상이 아니라 사진이었다. 녀석이 결정적인 증거랍시고 들이민 사진은, 폴리스맨이 헬멧 안 쓰고 날뛰는 불량 청소년들을 선도했다는 내용 말고는 다른 건 안 보여 줬다. 오토바이를 타고 달려가는 사진 역시 그랬다. 사진은 속도를 말해 주지 않는다. 고로, 사진 속의 폴리스맨은 그저 오토바이를 타고 있었을 뿐이다. 새 둥지는 그 모습이 조폭 같다고 하는데 내가 보기에는 진짜 경찰 같기만 했다.

이런 쓸데없는 짓거리를 하느라, 나는 벌칙 두 바퀴에 추가로 한 바퀴를 더 돌아야만 했다.

아침 훈련에 영어 선생의 책상 닦기와 저녁의 특별 훈련까지 치러 낸 내 몸은 말이 아니었다. 그런데도 새 둥지는 폴리스맨이 오토바이를 타고 교문을 빠져나가자마자 어서 뒤쫓아 가자는 거였다. 결정적인 증거를 잡기 위해서라나 뭐라나. 녀석은 내가 떼어 놓고 갈까 봐 나보다도 먼저 내 자전거 뒷자리에 올라타 있었다.

나는 녀석의 말을 귓등으로 흘리며 자전거에 올라탔다.

"야! 이쪽으로 가면 어떡해? 저 영감 저기, 저쪽으로 돌아가잖아!"

새 둥지는 계속 쫑알댔다. 뭘 모르면 가만히 있을 것이지. 나는 미친 속도로 달려가는 폴리스맨을 뒤로하고 대로변에서 H예고 쪽으로 방향을 틀었다.

"휘익—."

뒷자리의 새 둥지가 휘파람을 불었다.

"야! 금방 지나간 여자애들 끝내주지 않냐?"

새 둥지, 너란 녀석은 정말! 이런 순간에 여자애들이 눈에 들어온단 말이냐? 대체 왜? 어째서 신유는 이런 녀석이랑!

나는 그냥 확, 녀석을 떨어뜨려 버리고 싶었지만 그러나 폴리스맨이 먼저였다. 나는 열심히 죽어라 페달을 밟았다. 그런데도 폴리스맨 대신 엉뚱한 언덕이 나타나자 새 둥지는 버럭 화를 냈다.

"지금 뭐 하자는 거야?"

"머리는 장식으로 달고 다니냐? 머리를 써야지, 머리를! 밀기나 해."

녀석은 뭐라고 더 쫑알댔지만, 그러거나 말거나 나는 언덕을 올라갔다. 싸워 봤자 입만 아플 테니까.

좁은 골목을 빠져나오자 어제의 그 내리막길이 나타났다.

과연 내리막길 저편에 낯익은 오토바이가 서 있었다. 폴리스맨의 오토바이였다. 폴리스맨은 그 앞에 서 있었다. 나는 여봐란듯이 새 둥지를 쳐다봤다. 새 둥지의 입에서 "아!" 하고 감탄사가 튀어나왔다.

폴리스맨은 어제와 똑같은 위치에서 어제와 똑같은 자세로 자기 앞의 이층집과 감나무를 바라보고 있었다. 선글라스까지 벗어 들고 있었다. 자기 집을 저토록 흐뭇하게 바라볼 수 있는 인간이 과연 몇이나 될까? 아무리 생각해도 저 폴리스맨이란 영감탱이는 참 이해하기 힘든 뇌 구조를 가진 인간이었다.

"어휴, 덥다 더워! 그런데 저 인간 왜 안 들어가고 저렇게 서 있냐?"

새 둥지가 바닥에 엉덩이를 내려놓으며 투덜거렸다. 그도 그럴 것이 폴리스맨은 거의 한 시간이 다 되어 가도록 같은 자리에 서 있었다. 나도 슬슬 지루해지기 시작했다. 오늘은 더 이상 캐낼 것도 없을 것 같으니까 그만 가자고 하려는데, 벌컥, 이층집 문이 열렸다.

안에서 중년 아줌마 한 분이 걸어 나왔다. 뒤로 틀어 올린 머리라든지 다림질이 잘된 실내복으로 미루어 보아 꽤 교양 있어 보이는 아줌마였다.

"부인인가?"

바닥에 앉아 있던 새 둥지가 벌떡 일어났다. 나도 역시 상체를 앞으로 내밀며 눈을 크게 떴다.

"자꾸 이러시면 저도 이젠 어쩔 도리가 없다고요, 영감님! 하루 이틀도 아니고 계속 이렇게 집 앞에 서 계시니 애들도 무서워서 살 수가 없다잖아요."

인적이 뜸한 길이라 아줌마의 목소리는 잘 들려도 너무 잘 들렸다.

"신경 쓰지 마십시욧! 저는 보기만 했습니닷! 그럼, 실례 했습니닷!"

폴리스맨은 아줌마를 향해 거수경례까지 했다. 학교에서 와는 완전 딴판이었다.

"영감님, 내일 또 오시면 저도 정말 이제는 어쩔 수 없어요. 아시겠죠? 경찰을 부를 거라고요!"

이층집에서 나온 아줌마는 '경찰'이라는 단어에 특히 힘을 주었다. 순간, 폴리스맨의 칼자국이 뻘겋게 달아올랐다. 이제 정말 큰일이 벌어지겠구나, 나는 숨을 죽였다. 그러나 나의 기대와는 달리 폴리스맨은 다시 한 번 실례가 많았다며 머리를 숙였다. 터덜터덜 자신의 오토바이를 향해 걸어갔다.

"저 인간 저거, 지금도 이 집이 자기 집인 줄 아나 봐. 미쳐도 곱게 미쳐야지."

어느새 밖으로 나온 구멍가게 할머니가 이층집 아줌마 옆에 서서 쯧쯧, 혀를 찼다.

이층집 아줌마도 한숨을 내쉬었다.

"어휴, 내일은 정말 경찰이라도 불러야겠어요."

"경찰? 저 영감탱이가 경찰은 무서워하겠어? 저번에도 봤잖아. 재개발 추진 위원회에서 동의서 받으러 왔을 때도 저 인간이 얼마나 방해를 했어? 아니, 재개발이 되면 얼마나 좋아? 돈 받고, 큰 집으로 이사 가고. 자기가 뭐야? 왜 우리까지 꼼짝 못하게 하냐고?"

"그러게요. 저도 재개발 바라고 이 집으로 이사 온 거잖아요. 근데 저 할아버지 아들이 우리 동네 재개발 추진 위원회 위원장 아니에요? 아들이 하는 일에 아버지란 사람이 도와주지는 못할망정 왜 훼방을 놔? 용역에서 나와서 철거를 하려고 해도 저 할아버지 때문에 힘들 거라던데……."

"그러니까 미쳤다는 거지!"

구멍가게 할머니의 입에서 또다시 미쳤다는 말이 튀어나왔다. 비록 짧은 순간이었지만, 미쳤다는 말을 듣는 순간 내 심장은 두근거리기 시작했다.

"야! 너도 들었지? 미쳤다잖아! 어쩌면 계획보다 빨리 저 영감을 K고에서 쫓아낼 수 있겠는데?"

모처럼 새 둥지가 그럴듯한 말을 했다. 둘이 손바닥을 마주치는데 뿌와왕― 갑작스런 굉음이 들려왔다. 폴리스맨이 오토바이를 타고 내리막길을 달려 내려가고 있었다.

"지금이닷!"

나는 잽싸게 자전거에 올라탔다. 새 둥지가 내 허리를 붙잡기도 전에 내리막길을 달려 내려갔다. 으아악! 뒤에서 새 둥지가 비명을 질러 댔지만 나는 속도를 멈출 수 없었다. 이미 내리막길을 탔으니까.

좋았어! 잘하면 해방이라고!

나는 죽어라 페달을 밟았다. 어떻게 된 까닭인지 좀 전까지만 해도 쑤시고 아프던 다리가 그 순간에는 하나도 안 아팠다. 힘이 펄펄 솟았다.

뿌와왕―!

폴리스맨은 여전히 곧장 앞으로 달려가고 있었다. 내리막길이 끝나고 다시 언덕이 이어지는가 싶더니, 폴리스맨이 없어졌다.

"뭐야? 어디 갔어?"

나는 자전거를 멈추고 주위를 두리번거렸다. 꼭 여우에 홀린 기분이었다.

"야! 떨어져 죽는 줄 알았잖아! 너, 일부러 그랬지? 엉?"

새 둥지는 계속 쫑알거리고만 있었다. 나는 발을 동동 굴렀다. 다 잡았는데, 여기서 놓치다니……. 나는 두 발을 땅에 딛고 서서 다리에 힘을 주었다. 자전거 핸들을 위로 번쩍 들어 올렸다. 뒤에서 쿵, 하는 소리와 아쿠쿠, 하는 소리가 이어졌다.

그러거나 말거나 나는 페달을 밟았다.

"야! 너, 거기 안 서!"

뒤에 타고 있던 녀석이 없으니까 당장이라도 날아갈 것 같았다. 나는 내리막길 끝까지 달려갔다. 내리막길에서 언덕으로 이어지는 길 옆에 아주 좁은 계단이 나 있었다. 사람 한

명이 간신히 올라갈 수 있을 만큼 좁은 계단이 하늘 끝까지 이어져 있었는데, 그 계단 바로 앞에 폴리스맨의 오토바이가 있었다.

"이 얍삽한 인간아!"

왜 폴리스맨의 오토바이가 저기에 있는지 생각하는데, 새 둥지가 쫓아와 등을 후려쳤다.

"쉿!"

나는 오른손으로 녀석의 입을 틀어막았다. 녀석도 폴리스맨의 오토바이를 보자, 꿀꺽, 침을 삼켰다.

계단은 하늘 끝까지 이어진 듯했다. K고에 있는 108개의 계단 같은 건, 이 계단에 비하면 애들 장난 수준이었다.

나는 손가락으로 계단 끝을 가리켰다. 새 둥지는 한숨을 내쉬었다.

호랑이를 잡으려면 호랑이 굴로 들어가는 수밖에.

나는 자전거에서 내려 계단 위로 올라섰다.

"야! 대체 언제까지 올라갈 거야?"

뒤에서 새 둥지가 쫑알거렸다. 힘들기는 나도 마찬가지였다. 계단 오르기라면 어느 정도 이골이 났다고 생각했는데 영 아니었다.

"누구는 안 힘든 줄 알아?"

이마의 땀을 훔쳐 닦으며 뒤를 돌아봤다. 아찔했다. 발밑으로 끝없이 계단이 이어져 있었다. 낭떠러지에라도 올라온 듯 다리가 후들거렸다. 순간적으로 벽을 짚었다. 그런데 금이 간 벽이었다. 무슨 이런 동네가 다 있나, 새삼스레 주위를 둘러봤다.

계단이 시작되는 지점에서부터 계단 양옆으로 집들이 다닥다닥 붙어 있었다. 집들은 정말 이런 데서도 사람이 살 수 있나 싶게, 낡고 지저분했다. 문짝이 떨어져 나간 집도 있었고, 어떤 집 마당에는 살림살이인지 쓰레기인지 분간할 수 없는 물건들이 잡다하게 쌓여 있기도 했다. 사회 교과서에서나 봤던 펌프와 전기 곤로가 있는 집도 있었다. 초등학교 3학년 땐가 4학년 땐가 사회 수업 시간에 옛날 물건과 요즘 물건을 비교하는 시간이 있었다. 그때 신문이나 책에서 스크랩해서 가져갔던 사진 속의 옛날 물건들이 이곳에 다 모여 있는 듯했다.

"난 더 못 가, 못 가……."

새 둥지는 아예 계단 중간에 엉덩이를 대고 앉아 있었다. 이제 와서 못 간다고 하면 대체 어떡하겠다는 말인가? 내려가겠다는 건가?

"그럼 너 혼자 내려가든지!"

나는 한 손으로 금 간 벽을 짚은 채로 우리가 올라온 계단들을 가리켰다. 내려가는 계단도 끝이 아득했다.

"어유, 진짜! 못 산다, 못 살아!"

제 딴에도 내려가는 일이 쉬워 보이지는 않았는지, 새 둥지도 할 수 없다는 듯 다시 일어섰다.

올라가면 갈수록 계단은 점점 더 가팔랐다. 허리를 세우고는 도저히 올라갈 수 없을 만큼 가팔라서 나중에는 아예 손으로 짚고 기어 올라가야 했다. 아침저녁으로 폴리스맨이 실시했던 정신 개조 훈련도 이것보다는 쉽게 느껴질 정도였으니 무슨 말이 더 필요하랴!

얼마나 더 올라갔을까.

다음 계단을 짚으려고 손을 뻗는데 잡히는 것이 없었다. 고개를 들고 올려다보니, 드디어 마지막 계단이었다. 마지막 계단을 기어 올라가자 눈앞에 그야말로 별천지가 펼쳐졌다.

"야호!"

새 둥지가 야호를 외쳤다. 솔직히 그 순간에는 나도 야호 하고 외치고 싶었다. 에베레스트라도 정복한 기분이었다. 산 정상, 아니, 계단 정상에 올라서자 사면이 탁 트여 있었다. 서울 시내가 한눈에 내려다보였다.

바람이 불어왔다. 시원한 바람이었다. 새 둥지는 벌써 양

팔을 옆으로 활짝 벌리고 바람을 맞고 있었다. 금방이라도 하늘 위로 부웅, 날아오를 듯한 모습이었다. 바람이 내 등을 떠밀었다. 금방이라도 바람에 휩쓸려 날아오를 것만 같았다. 나도 양팔을 넓게 벌리고 하늘을 올려다봤다. 하늘은 참 파랗기도 했다. 이게 대체 얼마 만에 올려다보는 하늘이란 말인가. K고로 떨어진 뒤부터는 오리걸음이다 계단 오르기다 해서 매일 땅바닥만 내려다봤던 것이다.

나는 이상한 감회에 젖어 하늘을, 눈앞에 펼쳐진 서울 시내를 둘러보았다. 그런데 뭔가가 자꾸 눈앞을 가로막았다.

태극기였다.

이런 달동네 꼭대기에 웬 태극기?

봤더니, 꼭대기에 달랑 두 채 있는 집 담벼락 사이에 태극기가 꽂혀 있었다. 태극기는 휘날리고 있었다. 주변 경관과는 너무나도 어울리지 않는 태극기였다. 그런데도 태극기가 거기 있다는 것만으로도 어쩐지 두 주먹을 불끈 쥐고 '새마을 노래'라도 불러야만 할 것 같았다.

대체 뭐지, 이 기분은?

지금 막 꺼내 걸어 놓은 것처럼 깨끗한 데다 구김 하나 없는 태극기를 보자마자 갑자기 소름이 돋았다.

이, 이 느낌은?

나도 모르게 뒤로 한 걸음 물러섰다. 태극기 너머에 어디서 많이 본 옷이 바람에 휘날리고 있었다. 다 쓰러져 가는 집 마당에 홀로 외로이 펄럭거리고 있는 그 옷, 그 옷은 바로 제복이었다.

"앗!"

새 둥지 녀석의 입에서도 비명이 터져 나왔다. 우리는 누가 먼저랄 것도 없이 제복을 피해 옆집으로 뛰어 들어갔다. 다행히 아무도 없었다. 아예 사람이 살지 않는 집 같았다.

"새벽종이 울렸넷. 너도나도 일어나 새 마을을 가꾸셋……."

제복이 걸린 집에서 노랫소리가 들려왔다. 나와 새 둥지는 서로 얼굴을 마주 봤다.

역시?

그렇다니까! 그래서 아까 그 계단 밑에 폴리스맨의 오토바이가 있던 거군!

나와 새 둥지는 눈빛만으로도 어느새 서로의 마음을 전달하는 경지에까지 이르게 된 것이다. 폴리스맨과 관련된 것에 한해서라면 말이다.

담에 찰싹 달라붙어 고개만 내밀고 봤더니, 역시나 폴리스맨이었다. 폴리스맨은 다림질을 하고 있었다. 그런데 그 다림질이란 것이 듣도 보도 못한 방식으로 행해지고 있었다.

폴리스맨은 빨랫줄에 제복을 널어놓은 채로 다림질을 하고 있었다. 마루에서부터 길게 전선줄을 연결해 놓고 선 채로 다림질을 하는 중이었다. 빨랫줄에는 제복이 걸려 있었는데, 윗도리와 바지가 몸에 걸쳐져 있을 때와 똑같은 모습으로 서 있었다. 제복이 빨랫줄에 널려 있는 것이 아니라 얼핏 보면 공중에 서 있는 것처럼 보였다는 거다. 제복은 그대로 공중에 서 있고 몸만 달랑 빠져나온 꼴이었다.

폴리스맨 딴에는 머리를 쓴다고 먼저 옷걸이에 윗도리를 걸고, 바지 걸이에 건 제복 바지를 제복 윗도리 안쪽으로 넣어 윗도리 옷걸이에 걸어 놓았다.

폴리스맨은 '새마을 노래'를 흥얼거리며 열심히 다림질을 했다. 거의 무아지경이었다. 윗도리를 다리고 이제 바지를 다릴 차례가 되자 폴리스맨은 "헛!" 하고 기합을 넣으며 기마 자세를 취했다.

의자에 앉지도 않고 저렇게 무릎을 굽힌 자세로 다림질을 하다니!

옆에서 보기에도 엄청 힘들어 보이는 자세였다.

대체 왜? 어째서 다림질을 저런 자세로 저렇게 하지 않으면 안 된단 말인가?

아무리 생각해도 내 머리로는, 내 상식으로는 도저히 이해할 수 없었다. 다시금 저 폴리스맨이란 영감탱이는 참 희한한 뇌 구조를 가진 인간이라는 생각이 들었다. 순간, 자전거 뒤에서 들려오던 구멍가게 할머니 말씀이 뇌리를 스치고 지나갔다.

"……미쳐도 곱게 미쳐야지."

그렇다면 정말? 정말 저 영감탱이는 미친 작자란 말인가?

나는 이제 결정적인 증거를 잡고야 말겠다는 생각으로 두 눈을 크게 부릅떴다. 눈을 크게 부릅뜨고 보니, 그제야 뭔가가 제대로 보이기 시작하는 듯했다. 우선, 폴리스맨의 진짜 모습이 제대로 보이기 시작했다. 학교에서 제복을 입고 있을 때는 몰랐던 폴리스맨의 진짜 모습! 그것은 바로 가난뱅이 영감탱이의 가련한 모습이었다.

폴리스맨은 일명 '난닝구'에 달랑 사각팬티를 입고 있었다. 난닝구 등짝에는 커다란 구멍까지 뻥 뚫려 있었다. 그리고 이건 정말 묘사하고 싶지도 않지만, 그래도 말 안 할 수가 없어서 말하는데, 폴리스맨의 사각팬티는…… 가운데가 누랬다. 오줌이라도 지린 것일까?

폴리스맨의 팬티 가운데 부분의 노란 얼룩에 눈이 멎었을 때는 왠지 너무 가련한 모습이라 훔쳐보기도 민망해졌다.

오줌 지린 팬티를 입고 기마 자세로 다림질을 하는 폴리스맨이라니!

나는 그만 다리에 힘이 풀려 버리고 말았다.

몇 분 뒤, 새 둥지는 나와 전혀 다른 이유로 다리에 힘이 풀려 버리고 말았다.

"으, 냄새 죽인다!"

다림질을 끝낸 폴리스맨이 라면을 끓이기 시작했던 것이다. 폴리스맨은 석유곤로 위에 양은 냄비를 올려놓은 채로 후루룩 쩝쩝, 후루룩 쩝쩝, 라면을 먹었다. 후— 하고, 뜨거운 김이 나는 라면에 숨을 불어넣다 말고 빨랫줄에 걸어 놓은 제복을 올려다보면서 말이다. 제복을 올려다보는 폴리스맨의 눈길은 이층집 앞에서 감나무를 올려다보던 눈길하고 아주 똑같았다. 너무 흐뭇하고 마음에 들어서 좋아 못 견디겠다는 눈빛 말이다.

그렇게 제복을 반찬 삼아 라면 한 냄비를 뚝딱 해치우고, 폴리스맨은 갑자기 바삐 움직이기 시작했다. 설거지를 하고, 허리 돌리기에 세수까지 재빨리 해치우고는 빨랫줄에 걸어 놓은 제복을 다시 갖춰 입었다.

마지막으로 문틀에 간신히 붙어 있는 낡은 현관문 앞으로 오더니, 역시나 현관문에 삐뚤게 매달려 있는 거울 앞에 서서 씨익, 웃는 것이었다.

저 썩은 미소는 대체 뭐란 말인가?

숨을 죽이고 훔쳐봤더니, 손톱으로 이 사이에 낀 고춧가루를 빼고 있었다.

"출동이닷!"

손톱에 붙은 고춧가루를 튕기며 폴리스맨이 집 밖으로 나왔다. 나와 새 둥지는 폴리스맨네 옆집 담벼락에 찰싹 달라붙었다.

"새벽종이 울렸넷. 새 아침이 밝았넷. 너도나도 일어나……."

폴리스맨의 노랫소리가 점점 더 멀어지고 있었다. 나와 새 둥지는 살며시 밖으로 나왔다. 우리가 걸어 올라온 계단과는 정 반대쪽에서 폴리스맨의 노랫소리가 들려오고 있었다.

낭떠러지라고 생각했던 곳 바로 아래 산길이 이어져 있었다. 산길 양옆으로 줄줄이 늘어서 있는 나무들 사이로 폴리스맨의 모습이 나타났다 사라졌다 하며 점점 작아졌다.

나와 새 둥지는 서로 마주봤다.

계단으로 내려갈래?

이리로 따라가 볼래?

말 안 해도 서로 무슨 생각을 하는지 뻔히 알 수 있었다.

나와 새 둥지는 누가 먼저랄 것도 없이 계단 앞으로 갔다. 동시에 계단을 내려다봤다. 아찔했다. 나와 새 둥지는 동시에 부르르, 진저리를 쳤다. 어쩌다 이 녀석과 내가, 이렇게 한 몸처럼 움직이게 된 거냐?

나와 새 둥지는 또 동시에 폴리스맨이 내려간 산길로 몸을 돌렸다.

제5장
이런, 젠장!

어둠과 고요.

산길로 내려서자마자 나와 새 둥지는 서로의 손을 꼭 붙들고야 말았다. 녀석의 손바닥은 축축해서 불쾌하기 이를 데 없었지만 녀석이 내 손을 붙들었을 때, 이상하게도 마음이 놓였다.

앞이 캄캄했다. 가지를 늘어뜨린 나무들의 형상이 흡사 뱀 머리카락을 가진 메두사처럼 보였다. 한 걸음 내디딜 때마다 나뭇가지들이 자꾸 팔며 등짝을 건드렸다. 그때마다 오스스, 소름이 돋았다. 한 번 보기만 해도 돌이 된다는 그 신화 속 괴물이 바로 뒤에서 쫓아오는 것만 같았다.

"야! 빨리 가지 마. 무서워 죽겠단 말이야."

새 둥지가 자꾸 달라붙었다. 찰거머리 같은 녀석이라고 생각했지만 녀석의 손이 내 팔이며 가슴에 달라붙을 때마다 녀석의 체온이 강렬하게 전해져 왔다. 그때마다 나는 혼자가 아니라는 게 바로 이런 거구나, 하고 뜻밖의 감동을 맛봐야 했다. 함께 외고 입시를 준비하던 친구들에게서는 한 번도 느껴 보지 못한 감정이었다.

중학교 3년 내내 함께 문제집을 풀고, 함께 경시대회에 나가고, 함께 인터넷 카페 활동을 하던 아이들…… 그러나 내가 외고 시험에서 떨어지자마자 자격 미달이라는 이유로 활동하던 카페에서 나를 강제 퇴출해 버린 아이들…… 친구라 생각했으나 단 한 번도 그들의 체온을 느껴 보지 못했던 아이들…… 그 아이들에게서 느껴 보지 못한 감정을 나는 뜻밖에도 새 둥지에게서 느끼고 있었다.

뭐야? 윤현상, 너 지금 이딴 녀석과 같이 있어서 좋다는 거야?

녀석과 함께 있다는 사실에 안도하는 나 자신이 견딜 수 없었다. 나는 녀석의 손을 뿌리쳤다. 그러면 새 둥지는 더 심하게 달라붙었다. 그러면 괜히 안도가 되었다.

뭐? 안도라고?

또 확, 녀석의 손을 뿌리쳤다.

그런 식으로 나는 녀석과 산을 내려갔다. 그러다 과연 이 산을 다 내려갈 수 있을까, 한숨을 내쉬는데 돌연 눈앞이 밝아졌다.

뿔싸뿔싸, 아뿔싸!

산 밑은 공원이었다. 공원에 있던 사람들은 갑자기 산에서 튀어나온 녀석과 나에게서 눈을 떼지 못했다. 더 정확히는 절대로 헤어질 수 없다는 듯이 꼭 붙들고 있는 녀석과 나의 손에. 우리의 머리 위에는 마침 가로등이 있었다. 이제 막 막이 오른 연극 무대에 선 배우라도 된 기분이었다.

어둠 속에서 은회색에 가까운 백발들이 자꾸자꾸 우리 앞으로 다가오고 있었다.

"젊은 사람들이 여긴 웬일이래?"

"그러게. 노인네들밖에 없는 공원에 뭣하러 왔을까잉?"

"이 밤에 남자끼리 연애라도 하는겨?"

"뭐라? 아무리 말세라도 설마 남자끼리?"

"그게, 그게 아녀. 남자 맛을 한번 봤다 하면 여자는 생각도 안 난다는데?"

졸지에 남자를 좋아하는 남자가 되고 말았다. 공원 여기저기에 놓여 있는 벤치에 앉아 있던 할아버지, 할머니들의 혀 차는 소리가 한밤의 공원을 들썩거리게 하고 있었다.

"뭐여? 뭔 일이여?"

마침 공원 화장실에서 머리에 수건을 둘러쓴 할머니 한 분이 밖으로 나왔다. 이제 막 청소를 끝내고 나왔는지, 할머니는 걸레에 양동이까지 들고 있었다.

"앗!"

새 둥지의 입에서 짧은 비명이 터져 나왔다. 녀석은 내가 미처 몸을 뺄 사이도 없이 찰싹, 그야말로 찰떡처럼 내 몸에 달라붙었다. 내 앞가슴에 말이다.

"너, 너…… 지금 뭐 하는 짓이야!"

나는 두 손으로 녀석의 어깨를 잡았다. 있는 힘껏, 녀석의 어깨를 밀었다. 아무 소용이 없었다. 녀석은 내가 떼어 내려고 하면 할수록 더 깊숙이 내 안으로, 그러니까 내 가슴 속으로 파고들었다.

"무슨 일이래?"

머리에 수건을 둘러쓴 청소부 할머니는 아예 내 옆에 바짝 붙어 서서 나와 새 둥지를 살폈다. 그러자 새 둥지는 더 깊숙이 내 가슴 안으로 파고드는 것이었다. 나중에는 아예 내 허리까지 꽉 끌어안았다.

나는…… 가로등 불빛 세례를 받으며 말세와 지옥과 천벌과 한숨을 견뎌야 했다.

이게 대체 무슨 일인가?

세상이 끝장나기라도 했단 말인가? 시간이 멈추어 버리기라도 했단 말인가?

　내가 이상한 허전함을 느끼며 주위를 둘러봤을 때, 새 둥지는 이미 사라지고 없었다. 머리에 수건을 둘러쓴 청소부 할머니가 퉤퉤, 땅바닥에다 침을 뱉고 양동이를 흔들며 공원 안쪽으로 사라지자마자 새 둥지는 어디론가 내빼 버렸다.

　나만 혼자 두고 말이다.

　나는 사방을 휘둘러봤다. 새 둥지 녀석은 안 보였다. 대신 폴리스맨이 보였다. 폴리스맨은 좀 전에 나와 새 둥지를 살피며 "무슨 일이래?"를 연발하던 청소부 할머니와 얘기를 나누고 있었다.

　"일하기는 괜찮으십니깟?"

　폴리스맨의 목소리가 공원 안에 쩌렁쩌렁 울려 퍼졌다.

　"그럼유. 김 경감님 덕분에 요새는 워찌나 살맛이 나는지 몰러유. 김 경감님 덕에 여기서 일도 하구, 돈도 벌구, 우리 손주 놈두 정신 차리구, 요즘만 같으면 무슨 걱정이래유? 우리 손주가유, 요새는 오토바이는 쳐다두 안 본다니까유."

　"일은 힘들지 않으십니깟?"

　"힘들어유? 뭐가유? 돈 벌 데가 없어서 힘들지 일하면서 뭐가 힘드남유? 하나도 안 힘들어유. 좋기만 해유."

　폴리스맨과 청소부 할머니가 이러쿵저러쿵, 둘이만 알아들을 수 있게 해도 될 말들을 엄청나게 큰 소리로 떠들어 대는 동안에도, 노인네들은 나를 이상한 눈초리로 쳐다보고 있었다.

이게 대체 무슨 일인가, 따지고 말고 할 것도 없었다. 우선은 줄행랑이다, 출구를 찾아 나는 무작정 달렸다.

달린다고 달렸는데, 이런 젠장!

출구가 어딘지 알 수 없었다. 출구를 찾아 달리면 달릴수록 공원 안쪽으로 더 깊숙이 들어가고 말았다. 무슨 공원이 온통 백발 천지였다. 머리털 까만 인간은 한 명도 없었다.

할아버지들이 단체로 돗자리 위에 모여 앉아 막걸리 사발을 돌리고 있거나, 할머니들이 벤치에 모여 앉아 호호호 하하하 웃음보를 터트리고 있거나, 그랬다. 데이트를 하는 듯한 노인네 커플도 종종 눈에 띄었다.

어떤 할머니는 어떤 할아버지한테 아예 노골적으로 추파를 던지고 있었다.

"오랜만이에요."

"그러게."

"주스 하나 사 줘요."

"그러지 뭐."

어떤 할머니 앞에는 불룩한 시장바구니가 놓여 있었는데, 주스 캔들이 잔뜩 들어 있었다. 어떤 할머니에게서 캔 하나를 건네받은 어떤 할아버지는 껄껄껄 웃으며 주머니에서 꾸깃꾸깃한 천 원짜리 몇 장을 꺼냈다.

"호호호."

어떤 할아버지의 주머니에서 꾸깃꾸깃한 천 원짜리 몇 장이 나오자, 어떤 할머니는 어깨까지 떨어 대며 마구 미소를 날렸다.

저 나이에 정말 저러고 싶을까.

나는 벌어진 입을 다물지 못했다.

여기는 대체 어디인가? 별나라인가?

이들은 대체 누구인가? 내가 아는 한국의 노인들이 맞나?

노인들이 이럴 수는 없잖아!

나는 웅변이라도 하고 싶었다.

노인들이 이럴 수는 없잖아요!

나는 훈계라도 하고 싶었다.

훈계? 훈계라고? 훈계는 원래 노인들이 하는 거잖아!

그러나 거기에 나한테 훈계를 할 만한 노인은 없었다. 추파를 던지며 주스를 파는 할머니 옆에는 심지어 삥을 뜯는 할아버지까지 있었다. 왕년에 한 가닥 했을 법한 깡패 할아버지는 연신 다리를 떨어 대며 어수룩해 보이는 할아버지한테 으름장을 놓고 있었다.

술 마시고, 노래하고, 노상 방뇨에, 돈 주고 사랑을 사는 행위까지! 게다가 삥이라니!

노인들이 정말 이래도 되는 거야? 당신들도 어른이잖아! 어른이 이러면 안 되는 거잖아! 어른은 원래 애들한테 모범을 보여야 되는 거잖아!

벌어진 입을 다물지 못하고 있는데, 어디선가 "폴리스맨이닷!" 하는 소리가 들려왔다.

나도 모르게 움찔, 놀랐다. 나도 모르게 후다닥 나무 뒤에 몸을 숨겼다.

정말…… 폴리스맨이 오고 있었다.

폴리스맨, 그러니까 K고의 '배움터 지킴이'로 학생들을 선도한다는 명목 하에 나를 괴롭히고 있는 영감탱이가 한밤의 공원을 순찰하고 있었다. 폴리스맨이 나타나자 막걸리 사발을 돌리던 노인네들은 허겁지겁 막걸리를 등 뒤로 숨겼다. 나무 밑동에다 대고 오줌발을 갈기던 노인네는 후다닥 바지 지퍼를 올렸다. 불룩한 시장바구니를 앞에 놓고 주스 캔을 팔고 있던 어떤 할머니는 돌연 얼굴의 미소를 거뒀다. 어떤 할아버지가 준 꾸깃꾸깃한 천 원짜리 몇 장을 잽싸게 바지 주머니에 쑤셔 넣었다.

폴리스맨은 여기서도 폴리스맨이었다!

호루루루! 호루루!

폴리스맨은 곧장 깡패 할아버지한테 다가갔다. 깡패 할아버지가 아는 사람 어쩌고저쩌고 변명을 늘어놨지만 폴리스맨은 듣지도 않고 호통을 쳤다.
"아는 사람은 뭐가 아는 사람이얏!"
그러더니 폴리스맨이 이번에는 출구를 향해 손가락을 치켜들었다.
"집에 가세욧!"
어수룩한 할아버지는 기겁을 하며 폴리스맨의 손가락이 가리키는 방향으로 몸을 틀었다. 깡패 할아버지는 퉤, 침을 뱉고는 폴리스맨을 째려봤다. 폴리스맨도 깡패 할아버지를 째려봤다.
"다리 떨지 마랏!"
폴리스맨의 한마디에, 깨갱, 깡패 할아버지는 바로 꽁지를 내렸다.
깡패 할아버지가 다른 곳으로 내빼자마자 홱, 폴리스맨은 내 쪽으로 고개를 돌렸다. 순간, 컥, 숨이 막혔다. 다행히 나를 본 것 같지는 않았다.
폴리스맨이 성큼성큼 내가 숨어 있는 나무 쪽으로 걸어오기 시작했다. 나는 최대한 몸을 움츠렸다. 폴리스맨은 내 앞에서 우뚝, 멈춰 섰다.
호루루루!
"지금 뭐 하시는 겁니깟? 애정은 돈으로 살 수 없습니닷!"
폴리스맨은, 주스 파는 어떤 할머니와 돈 주고 주스 사 먹은 어떤 할아버지에게 훈계를 하기 시작했다. 애정은 돈으로 살 수 없다느니, 가정은 소중하다느니 등등, 너무 많이 들어 전혀 감동이 없는 진부한 훈계였다. 그러나 그 순간에는 그 진부한 훈계가 감동적으로 들리는 거였다.

그래그래, 어른이라면 저래야지. 잘한다, 잘해!

나도 모르게 응원까지 하고 있었다.

폴리스맨이 나타나 옳은 말만 계속해 대자, 주스 할머니의 웃음 한 방에 500원짜리 캔 하나를 몇 천원이나 주고 사 먹은 할아버지는 딴 데로 가 버렸다. 똥이 무서워서 피하냐 더러워서 피하지, 하는 식이었다.

"이 양반이 진짜! 왜 남의 영업은 방해하고 그래요?"

주스 할머니가 벌떡 일어나 삿대질을 해 댔다. 세상에, 저 할머니가 겁도 없이…… 나는 이제야말로 큰일이 벌어졌구나, 꿀꺽, 침을 삼켰다. 순간, 어쩌면 오늘이야말로 결정적인 증거를 잡을 수도 있겠다는 생각이 들었다.

저 할머니가 삿대질까지 해 댔으니, 폴리스맨 성격에 죽어라 때리지 않을까?

나는 잽싸게 휴대폰을 꺼냈다.

동영상 촬영이닷!

나무 뒤에 숨어 동영상 촬영 버튼을 눌렀는데…….

한 대 치기는커녕, 폴리스맨은 그저 어쩔 줄을 몰라 했다.

"당신이 뭐야? 경찰이야? 왕년에 경찰이었으면 경찰이었지, 지금도 경찰인 줄 알아? 남이야 주스를 팔아서 먹고살든, 몸을 팔아서 먹고살든, 당신이 무슨 상관이야!"

주스 할머니는 연신 삿대질을 해 댔다. 폴리스맨은 연신 머리를 긁적거렸다.

"당신이 나 먹여 살릴 거냐고!"

주스 할머니는 성난 암사자처럼 포효했다. 그러자 일은 이상하게 돌아가기 시작했다.

폴리스맨은 주스 할머니가 당신이 나를 먹여 살릴 거냐고 따지자마자, 그야말로 기다렸다는 듯이 이러는 거였다.

"넷! 제가 책임지겠습니닷!"

저 인간, 정말 미친 거 아냐?

"그딴 걸 꼭 해야 돼?"

나는 묻고 또 물었다. 그러나 엄마의 답은 변함없이 "해야지!"였다. 그것도 물론!

"당장 안 일어나!"

엄마가 버럭 소리를 질렀다. 내 이불을 잡아챘다.

흥! 이런다고 내가 땅 밟기 따위를 할 줄 알고?

나는 다시 이불을 휙 끌어당겨 뱅글뱅글, 몸에 감았다. 인간 누에가 되었다. 그래도 엄마는 포기 안 했다. 어떻게든 나를 침대 밖으로 끌어내리려고 안간힘을 썼다. 내 침대 위로 올라와 벽에 등을 기대고 두 발로 내 몸을 밀었다.
 엄마들이란 왜 이렇게 악착같단 말인가!
 쿵.
 나는, 그러니까 인간 누에는 이불을 칭칭 감은 채로 곧장 방바닥으로 떨어졌다. 그러나 나도 포기 안 했다. 방바닥에 배를 딱, 붙이고 버텼다. 엄마도 만만치 않았다. 하긴 우리 엄마가 누군가? 용하다는 철학관마다 다 찾아가서 물어봐도, 용띠 해 용 달 용 날에 태어나 겉만 여자지 속은 남자라는 얘기를 듣는 천하의 '용'이 아니던가? 남자로 태어났으면 큰일을 해도 골백번은 더 했을 텐데 하필이면 여자로 태어나 뜻을 펴지 못한 천하의 여장부가 바로 우리 엄마 아닌가? 그래서인지 친척들은 물론 동네 아줌마들까지 우리 엄마를 '용 여사'라고 부르니, 무슨 말이 더 필요하겠는가?
 우리 엄마, 용 여사는 하필이면 여자로 태어나 하필이면 엄마가 되었다는 이유로 하늘에서 부여받은 그 모든 용의 기운을 오로지 자식인 나에게만 다 쏟아부은 거였다.
 내가 외고 시험에 떨어지고 K고로 낙오되자, 용 여사의 그 엄청난 에너지는 잠깐 사그라드는 듯했다. 의기소침해진 용 여사의 모습은 태어나 처음 접하는 것이라 사실 조금 안타깝기도 했다.

못난 자식 때문에 저토록 기운 없어 하는 용 여사의 모습이라니!

용 여사의 입에서 한숨이 새어 나올 때마다 처음엔 날카로운 식칼로 심장을 도려내는 것 같았다. 내가 초등학교에 들어가기도 전부터 우리 엄마, 용 여사는 창의 수학 훈련 과정이니 좌뇌 발달 훈련 과정 등등 온갖 과정을 찾아냈고, 그 과정을 나와 같이 할 그룹을 조직하기 위해 하루 종일 전화기 앞에서 살다시피 했다.

용 여사는 하루 종일 동네 아줌마들과 함께 어울렸는데, 저녁이면 누구 엄마는 어떻고 누구 엄마는 어떻고…… 욕을, 욕을 해 대면서도 그토록 싫어하는 아줌마들과 매일매일 어울리는 이유 또한 오로지 나를 위한 과외 그룹을 조직하기 위해서였다. 용 여사는 오로지 당신의 자식과 함께 과외를 받아도 좋을 만한 아이들을 골라내어 그룹을 만들기 위해 아줌마들과의 관계를 유지했다. 그런데 그 관계 유지라는 것이 보통 힘든 일이 아닌 듯했다. 아들 교육에 필요한 정보를 얻으려면 우선 용 여사 자신이 아줌마 그룹의 일원이 되어야 했는데, 그러기 위해선 함께 마트에 가고 함께 수영을 하고 함께 점심을 먹어야 했던 것이다. 매일같이 말이다.

그리하여 용 여사의 아들인 내가 17세가 되었을 때, 용 여사는 자신이 속한 아줌마 그룹의 명실상부한 지도층이 되었다. 아줌마 그룹의 리더가 되기 위해 용 여사는 자신의 황금기를 다 쏟아부은 거나 마찬가지였다.

그런데?

정작 자신의 아들은 낙오자가 되고 말았다.

"창피해서 이제 어떻게 얼굴 들고 다니냐……."

내가 K고로 낙오되자 용 여사의 얼굴은 검은 먹구름으로 뒤덮였다. 외출을 전혀 하지 않았고, 전화도 받지 않았다.

전화를 받지 않는 용 여사라니!

방문을 걸어 잠그고 나오지 않는 용 여사라니!

용 여사가 내뿜던 그 엄청난 용의 기운은 어딘가로 사라지고, 집안엔 온통 검은 먹구름이 내려앉았다.

난생처음 우리 집을 강타한 그 침울한 분위기에 압도되어 나는 얼마나 괴로워했던가? 용 여사의 축 늘어진 어깨를 볼 때마다 나는 내가 낙오자가 되었음을 뼈저리게 느껴야만 했다. 그래서 나중에는 나란 녀석은 정말 버러지와 다름없다고까지 생각하게 되었다.

그리하여 지금 나는 인간 누에가 되었다. 고치 속에 틀어박혀 아무래도 좋으니 나를 그냥 가만히 놔두라고, 온몸으로 부르짖고 있는 것이다.

그런데 왜? 이제 와서 왜?

내가 바닥에 배를 딱, 붙이고 누워 있자, 엄마는 아빠를 소리쳐 불렀다. 용 여사의 남편, 그러니까 우리 아빠는 엄마의 "여봇!" 소리에는 꼼짝 못하는 사내다.

이번에도 역시 아빠는 엄마가 "여봇!" 하고 외쳐 부르자마자 달려왔다.

"일어나라."

아빠는 참 나직하게도 말했다. 그래도 내가 움직이지 않자, 엄마는 아빠한테 잔소리를 퍼부어 댔다.

"당신도 참! 그렇게 해서 잘도 일어나겠다. 아니, 당신은 나이 들면서 점점 더 왜 그래?"

나는 방바닥에 배를 딱, 붙인 채 이 시점에서 왜 내가 아닌 아빠가 엄마한테 혼을 나야 하는지 생각했다. 일요일 아침부터, 아들이 일어나지 않는다는 이유로, 부인에게 잔소리를 듣는 우리 집 가장에 대해 생각하다 보니, 자연스레 주스 할머께 충성을 맹세하던 폴리스맨이 떠올랐다.

폴리스맨은 주스 할머니한테 꼼짝 못했다. 우리 집 가장은 용 여사한테는 꼼짝 못한다.

왜 남자들은 여자한테 꼼짝 못하고 당하기만 하는 걸까?

인간 누에가 되어 이런저런 생각을 하는데, '신유' 라는 단어가 들려오기 시작했다.

"여봇! 당신도 눈 좀 있으면 봐요! 글쎄 애가 이렇다니까. 지금 태평하게 발 뻗고 잘 때야? 그래도 신유 엄마가 다른 애들은 다 제쳐 두고 특별히 우리랑 같이 가겠다는데 저러고 있으니……. 신유야 뭐, 땅 밟기 같은 거 안 해도 서울대는 그냥 들어갈 애 아냐? 신유 같은 수재도 땅 밟기를 하러 간다는데 저 녀석은 저게 뭐냐고!"

엄마의 잔소리는 이제 거의 울부짖음으로 변해 있었다. 그 순간, 나는 벌떡 튀어 올랐다. 누에가 다시 인간으로 돌아오는 순간이었다. 그러나 나를 누에에서 인간으로 끌어올린 사람은 엄마가 아니라 신유였다.

신유랑 같이 간다는 걸 왜 이제야 말하는 거야!

나는 후다닥 욕실로 달려가 때 빼고 광냈다. 엄마가 참 알 수 없다는 얼굴로 혀를 차거나 말거나 상관없었다. 엄마의 잔소리를 들으며 차에 올라탔을 때 아주 잠깐 왜 나는 신유한테 꼼짝 못하는 걸까, 하는 생각이 들었다. 하지만 현관 앞까지 나와 잘 다녀오라며 엄마에게 손 흔드는 아빠를 보는 순간, 집안 내력이라는 걸 깨달았다.

저 멀리 신유가 보였다. 신유는 웃었다. 웃으면 덧니가 삐죽 나오는 신유의 미소를 보자 심장에 금이 가는 듯했다. 어찌나 빠른 속도로 뛰는지 가슴이 다 뻐근할 정도였다.

"세상에! 현상이 엄마도 봤지? 이게 다 웬일이니? 나는 벌써 한 시간 전에 왔는데 사람이 이렇게 많아. 이 사람들이 다 땅 밟기를 하러 온 거라니까. 저기 저 아줌마 보이지?"

"저기 챙 모자 쓴 여자?"

"그래, 저 여자! 저 여자는 매일 온대. 딸이 피아노를 하는데 어렸을 때부터 콩쿠르 있는 날엔 콩쿠르 당일까지 하루도 빠짐없이 콩쿠르 장에 가서 땅 밟기를 했다는 거야. 그래서 그런지 항상 1등만 했다나? 자기 딸이 고등학생이 된 뒤로는 매일 여기 온대. 자기 딸이 서울대 붙을 때까지는 하루도 안 빠지고 올 거라는데?"

"정성이네, 정성이야!"

우리 엄마, 용 여사는 신유 엄마를 만나자마자 감탄사를 쏟아 냈다. 용 여사와 신유 엄마는 딸이 서울대에 붙을 때까지 매일, 하루도 안 빠지고 서울대 운동장에서 땅 밟기를 할 거라는 아줌마를 바라보며 두 주먹을 불끈 쥐었다.

"당연하지! 정성 안 들이고 어떻게 애를 좋은 대학에 보내? 안 그래? H예고만 들어가면 스카이는 따 놓은 줄 알았는데 그것도 아니더라고. 최소한 30퍼센트 안에는 들어야 스카이에 간다는데, 우리 신유도 H예고에선 50퍼센트 안에도 못 든다니까. 난 요새 우리 신유 영어 점수 올리겠다고 분 당 과외까지 시키고 있잖아."

"분 당 과외?"

"과외비가 1분에 만 원이라니까!"

"세상에! 그렇게 비싸? 선생이 엄청 유명한가 봐?"

"그 선생 빼내 오는 데 얼마나 고생을 했는데. 강남에서도 수업 잘하기로 소문난 영어 선생이라 소문 안 나게 하려고 요새도 얼마나 신경을 쓰는데. 자기도 알지? 내가 투자한다고 저쪽 재개발 구역에 낡은 집 하나 사 뒀잖아. 거기서 몰래 하고 있다니까."

"그렇게까지 해야 돼? 거기 위험하잖아."

"그럼 어떡해? 괜히 소문났다가 다른 엄마들이 알고 과외비 더 줘서 가로채면?"

"진짜 대단하다, 신유 엄마. 그런데 그렇게 용한 선생한테 과외를 받으면서 우리 현상이랑 영어 과외를 또 해?"

"그럼 어떡해? 1분에 만 원짜리 영어 과외 받는 애들이니 오죽 잘하겠어? 우리 신유가 그 그룹에서 뒤처지지 않고 따라가려면 과외 받을 내용을 미리 공부해 가야 된다니까!"

"그러니까 과외를 위한 과외라 이거네? 어휴, 신유처럼 잘하는 애도 이렇게 열심히 하는데 저 녀석은 대체 뭐 하는 거야! 야! 윤현상! 너, 빨리 땅 안 밟아?"

용 여사는 신유 엄마에게 질세라 서둘러 땅을 밟기 시작했다. 엄마들이 새로운 각오를 다지며 땅을 밟는 동안, 나는 땅을 밟는 척하며 신유한테 다가갔다. 신유는 한 발 한 발 정성 들여 땅을 밟으며 앞으로 나아가고 있었다. 나중에는 아예 엄마들의 모습이 안 보이는 곳까지 앞서 걸어갔다.

"까꿍!"

엄마들의 모습이 안 보이게 되자 신유가 내게 불쑥 말을 붙여 왔다. 그런데 까꿍이라니?

"……."

나는 신유의 까꿍 한 방에 거의 얼이 나가 버렸다. 왜 신유네가 이승준 하는 짓거리를 따라 하는 거냐고!

"우리 엄마랑 너희 엄마랑은 전생에 자매였나 봐. 저렇게 죽이 잘 맞는데 한동안 어떻게 안 만났나 몰라."

신유는 기분이 좋은지 참새처럼 재잘거렸다.

"……."

나는 할 말이 없었다. 저토록 죽이 잘 맞는 두 사람을 한동안 만나지 못하게 만든 장본인이 바로 나였으니까.

"오늘은 어떻게 같이 올 생각을 다 하셨냐?"

"……."

이번엔 신유가 대답을 하지 않았다.

"너희 엄마, 이제 나랑 너랑 어울리는 거 싫어하잖아?"

내가 생각해도 삐딱했다. 신유는 너 정말 왜 그래? 하는 눈빛으로 나를 봤다.

으으으, 윤현상! 넌 이걸 말이라고 하고 있는 거냐? 하고 생각하면서도 내 입에서는 계속 삐딱한 말들만 쏟아져 나왔다. 모두 '까꿍' 때문이었다.

"영어 과외는 또 뭐야? 너 원래 너희 학교 애들이랑 같이 그룹 과외 한다고 하지 않았냐? 왜 나랑 다시 영어 과외를 받아? 특목고 애들은 특목고 애들끼리 놀아야지……."

"윤현상! 너 정말 왜 그래? 너 원래 이렇게 비뚤어진 애였니? 너는 그래? 만약에 너랑 나랑 입장이 바뀌었다면 넌 나랑 어울리지도 않았을 거니? H예고 애들은 같은 학교 졸업해도 스카이에 간 애들이랑 아닌 애들이랑 동창회도 따로 한다는데, 너도 그런 과야?"

"……."

나는 아무 말도 하지 못했다. 그러나 내 안에서는 수많은 말들이 용솟음치고 있었다. 그러면 왜 그랬니? 너희 엄마가 오랫동안 함께해 왔던 영어 과외까지 중단하자고 했을 때, 그러면 왜 그때 너는 아무 말도 하지 않았느냐고, 묻고 싶었다. 그러나 차마 묻지는 못했다. 신유를 상대로 그런 걸 따진다면…… 정말이지 죽고 싶을 정도로 비참해질 테니까.

"왜 대답 안 해? 너랑 나랑 입장이 바뀌었으면 넌 어떻게 했을 건데?"

신유랑 나랑 입장이 바뀌었다면? 나는 외고 시험에 붙고 신유는 예고 시험에 떨어졌다면…… 그랬다면 나는 과연 어떻게 행동했을까? 나는…… 변하지 않았을 거다. 그러나 신유는…… 신유가 나였다면 신유도 지금의 나처럼 어둠 속에 몸을 숨기고 싶지 않았을까? 그러면 나는 어떻게든 신유를 잡아 주려 했을 거다. 지금의 신유처럼.

그런 거니? 신유 너, 지금 나를 붙들어 주고 싶은 거야?

나는 신유의 얼굴을 바라봤다. K고에 들어간 이후 처음이었다. 신유의 얼굴을 똑바로 마주 본 것은.

내가 바라보자 신유는 언제나처럼 덧니를 내보이며 살짝, 미소를 지었다. 그러고는 다시 땅을 밟기 시작했다. 나 역시 땅을 밟았다. 땅을 밟으며 서울대 캠퍼스를 둘러봤다. 어렸을 때부터 귀에 못이 박히도록 이름을 들어왔던 대학의 땅을 밟고 있다고 생각하니 무언가 묵직한 것이 가슴을 짓눌렀다. 엄마의 성화에 못 이겨 끌려왔지만 사실 이곳이야말로 얼마 전까지 내 삶의 목표였다.

땅 밟기를 하고 있는 사람들 중에는 내 또래로 보이는 아이들도 꽤 눈에 띄었다. 모두 진지했다. 한 발 한 발 힘을 주어 땅을 밟는 모습에서 어떤 절박함마저 느껴졌다.

그 절박함을 나는 잃어버린 것이다!

목표를 상실한 지금의 나는 이곳에서조차 이방인이었다. 나는 가만히 신유를 바라보았다. 신유는 여전히 땅 밟기를 하고 있었다. 다른 아이들처럼 신유 역시 진지했고, 그 모습에서 절박함이 느껴졌다. 순간, 아주 잠깐이나마 어쩌면 신유가 나를 붙잡아 주려 하는 건지도 모른다고 생각했던 내 자신이 바보처럼 느껴졌다. 나는 신유에게서 등을 돌렸다. 더 이상 이곳에 있을 그 어떤 이유도 찾을 수 없었다.

그때였다.

"꼭 여기 들어와야 되는 거야? 그래야 그림을 그리는 건 아니잖아?"

등 뒤에서 신유의 목소리가 들려왔다.

"난 날고 싶다고! 휘이— 휘이—."

두 팔을 넓게 벌리고 신유는 달리고 있었다. 이마에 땀방울이 맺힐 때까지, 헉헉, 숨이 차오를 때까지, 신유는 달렸다. 그렇게 계속 달리다 보면 정말 하늘로 붕— 날아오를 수 있을 것처럼.

여름이 바짝 앞으로 다가왔다. 걷기만 해도 땀이 났다. 나는 여전히 아침마다 엄마의 잔소리를 들으며 도시락 세 개를 챙겨야 했고, 언덕길을 올라 등교해야 했지만 그나마 다행인 건, 아침 훈련의 양이 줄었다는 거다.

주스 할머니에게 책임지겠다고 맹세한 뒤로 폴리스맨은

이상할 정도로 교내 청소에 열을 올렸다.

호루루루!

"동작 봐랏! 이상 훈련 끝! 청소 시작!"

폴리스맨은 나와 새 둥지가 오리걸음을 한 바퀴도 채 돌지 않았는데 "훈련 끝!"을 외쳤다. 그러면 새 둥지는 기다렸다는 듯이 집게를 향해 달려갔다. 물론 오리걸음보다는 운동장 청소가 나았다.

처음엔 그랬다는 말이다.

"방과 후 양동이 들고 운동장으로 집결!"

아침 훈련 대신 청소를 시키는가 싶더니, 폴리스맨은 방과 후에도 청소를 시키기 시작했다.

"양동이는 왜 들고 나오라는 거야?"

새 둥지가 투덜거렸다. 불안하기는 나도 마찬가지였다. 이 영감탱이가 또 무슨 꿍꿍이지? 양동이를 들고 운동장으로 나가는데, 폴리스맨뿐만 아니라 교장·교감 선생님까지 모여 있었다.

"동작 봐랏!"

폴리스맨의 한마디에 나와 새 둥지는 쪼르르, 달려갔다.

호루루루루루!

"건물 청소 실시!"

폴리스맨이 학교 건물을 가리켰다. 나와 새 둥지는 양동이를 들고 서로를 쳐다봤다. 대체 어떻게 건물을 청소하라는 말인가?

"양동이에 물 받기 실시!"

폴리스맨이 운동장 구석에 있는 수돗가를 가리켰다. 나와 새 둥지는 쪼르르, 수돗가로 달려갔다. 양동이 가득 물을 길어 왔다.

"물청소 실시!"

폴리스맨이 학교 건물을 가리켰다. 나와 새 둥지는 양동이를 들고 또 서로를 쳐다봤다. 대체 어쩌라는 건가? 이 물을 건물에다 뿌리기라도 하라는 건가?

"뒤로 물러서십시옷!"

폴리스맨은 처벅처벅, 발소리도 요란하게 나와 새 둥지에게 걸어왔다. 내가 들고 있던 양동이를 채 갔다. 폴리스맨이 양동이를 들어 올리자 교장·교감 선생님은 잽싸게 뒤로 물러섰다. 어느새 교무실 창문 앞에 모여 서 있던 선생님들까지 잽싸게 창문을 닫았다.

철썩-!

양동이의 물이 하늘로 날아오르는가 싶더니 건물 유리창을 때렸다.

주르르-!

시꺼먼 물이 바닥으로 흘러내렸다. 교장 선생님은 부르르,

진저리를 쳤고, 교감 선생님은 흐뭇한 얼굴로 폴리스맨을 바라봤다.

"뭐 하낫! 물청소 실시!"

폴리스맨의 고함에 나는 나도 모르게 들고 있던 양동이를 번쩍 들어 올렸다.

철써—!

양동이의 물이 건물 유리창을 때리자마자, 짝짝짝! 박수가 터져 나왔다.

"거, 시원하다!"

교감 선생님은 건물 유리창을 닦고 발밑으로 흘러 내려온 시꺼먼 물을 흐뭇한 얼굴로 내려다봤다. 그 옆에 폴리스맨은 허리에 두 손을 얹고 여봐란듯이 서 있었다.

"깨끗한 학교 만들기! 제가 책임지겠습니닷!"

폴리스맨이 오른손을 눈썹 옆에 갖다 붙였다. 폴리스맨의 경례 한 방에 교장·교감 선생님은 완전히 넋을 잃은 듯했다.

"허락만 하신다면, 일전에 말씀드린 그분을 내일 당장이라도 데려오겠습니다. 학교 건물뿐만 아니라 화장실에서부터 복도까지, 번쩍번쩍 빛이 나게 하겠습니닷!"

"좋습니다! 이왕 하는 거 제대로 한번 해 봅시다."

교장 선생님도 오른손을 눈썹 옆에 갖다 붙였다. 교무실 안쪽에서 이 광경을 지켜보던 선생님들까지 박수를 치고 있었다. 그중에는 영어 선생도 있었는데, 나와 눈이 마주치자 그거 쌤통이다, 하는 표정으로 더 열렬히 박수를 치는 것이었다.

그리하여 폴리스맨은 K고의 '배움터 지킴이'이자 '깨끗한 학교 만들기' 프로그램의 총 책임자가 되었다. 그리하여 나와 새 둥지는 K고의 청소부가 되었다.

"호스 연결 실시!"

폴리스맨이 외친다. 그러면 나는 고무호스를 들고 수돗가로 달려간다. 고무호스 끝을 수도꼭지에 연결시킨다.

"발사!"

폴리스맨이 외친다. 그러면 나는 수도꼭지를 비튼다. 건물 앞에 있던 새 둥지가 건물을 향해 고무호스 끝을 조준한다.

철썩—! 쏴아아—!

고무호스에서 발사된 물이 K고의 건물 벽에 부딪치면 더없이 흐뭇한 얼굴로 교장·교감 선생님이 밖으로 나온다. 그러면 나는 죽어라, 계단을 튀어 올라간다. 잽싸게 빗자루를 들고 물 뿌린 건물을 향해 달려간다. 벽이며 유리창을 빗자루로 쓸어내린다.

"더 높이!"

폴리스맨이 소리를 지르면 발끝을 세우고, 팔이 찢어져라, 더 높이 빗자루를 들어 올린다. 교복 앞가슴이 흠뻑 젖어 버린다. 그래도 딴에는 덜 젖으려고 애쓰는데 머리 위에서 물벼락이 떨어진다.

이게 무슨 날벼락인가 싶어 뒤를 돌아보면,

"엇! 미안, 미안. 실수야, 실수!"

새 둥지란 놈이 고무호스 끝을 나한테 겨누고 있다.

이런, 젠장!

눈을 흘기자니, 뒤로는 폴리스맨 이하 교장·교감 선생님이, 앞쪽 유리창 안에는 영어 선생이 나를 노려보고 있다.

그리하여 나는 물에 빠진 생쥐 꼴이 되어 이를 갈고 있는 것이다.

"대체 언제까지 이 노릇을 해야 하는 거야?"

"언제까지긴. 너 영어 선생 말 못 들었냐? 영어 선생이 됐다고 할 때까지라잖냐."

"그러니까 그게 대체 언제냐고!"

내가 머리를 쥐어뜯으면 새 둥지란 녀석은 마치 자기는 이 일과는 아무 관련이 없다는 듯 태평하게 대꾸하는 거였다.

"영어 선생이 됐다고 할 때까지라니까."

"그러니까 그게 대체 언제냐고!"

새 둥지는 정말 말귀도 못 알아듣는 놈이군, 하는 표정으로 나를 쳐다보고는 내빼 버렸다.

"야! 어디 가? 작전은 어떡하고?"

"미안, 미안! 오늘은 데이트가 있걸랑!"

새 둥지는 폴리스맨이 뿌와왕— 오토바이를 타고 사라지자마자 고무호스도 던져 놓고 내빼 버렸다. 나는 물에 빠진 생쥐 꼴을 하고 수돗가로 걸어갔다. 돌돌, 고무호스를 말며 이번에는 전혀 다른 이유로 이를 갈기 시작했다.

데이트? 데이트라고?

설마…… 신유랑?

새 둥지의 데이트와 신유가 연결되자마자 나는 감전된 듯 파르르, 떨었다.

아냐, 아냐, 절대로 아냐!

내일 아침 폴리스맨한테 얻어터지든지 말든지, 나는 고무호스를 운동장 바닥에 내팽개친 채 자전거에 올라탔다. 새 둥지의 입에서 튀어나온 데이트와 신유의 입에서 튀어나온 까꿍이 내 머릿속에서 자꾸 하나로 연결되고 있었다.

아냐, 아냐, 절대로 아냐!

나는 둘을 하나로 묶으려는 이 말도 안 되는 상상을 내 머릿속에서 내쫓기 위해 죽어라 자전거 페달을 밟았다. 일단은 폴리스맨을 쫓아내는 게 우선이다, 하고 자꾸 나한테 세뇌를 시켰다.

폴리스맨은 오늘도 '백발 공원'에 있었다. 입구에 이름도 안 써 놓은 이 공원을 나는 그냥 백발 공원으로 부르고 있었다. 어딜 봐도 노인네들뿐이니까. 폴리스맨은 노인네들 사이에 서서 사방을 휘둘러보고 있었다. 보나마나 주스 할머니를 찾고 있는 게 뻔했다.

며칠 전에도 폴리스맨은 주스 할머니를 발견하자마자 쪼르르 달려가 손바닥을 비벼 댔다.

"꽃님 씨! 이제 주스 같은 거 팔지 마셔욧!"

"쳇, 주스 안 팔면 그럼 뭘 먹고 살라는 거예요?"

주스 할머니는 폴리스맨을 흘겨보면서도 앞이 불룩한 시장바구니에서 주스 캔 하나를 꺼내 주었다.

"앗! 뭘 이런 걸······."

폴리스맨은 주스 할머니가 준 주스 캔을 무슨 보물이나 되는 양 두 손으로 받아 들었다.

"요새는 장사도 안 되고, 돈도 없고······."

주스 할머니가 하늘을 올려다보며 한숨을 내쉬었다.

"걱정 마시라니까욧! 제가 책임지겠습니닷!"

폴리스맨은 주스 할머니가 준 주스 캔을 휘두르며 책임지겠다고 큰소리였다. 대체 뭘, 어떻게 책임진다는 건지. 주스 할머니랑 결혼이라도 하겠다는 건가? 아무튼 폴리스맨이 책임지겠다고 큰소리 떵떵 치자, 주스 할머니는 아주 조심스러우면서도 애간장 녹이는 목소리로 속삭였다.

"혹시······ 돈 좀 있으셔요? 내일 병원에 가서 검사를 받아야 되는데, 검사비가……."
 여기서 나는 꿀꺽, 침을 삼켰다. 그러니까 주스 할머니는 돈 달라는 소리를 하고 있는 거였다.
 "검사욧? 어디 아프십니깟?"
 "몇 년 전에 유방암 수술을 했는데 검사할 날짜가 지났지 뭐예요. 검사비가 워낙 비싸야지……."
 주스 할머니가 한숨을 내쉬자 폴리스맨은 당장 은행이라도 털러 갈 기세였다.
 "걱정 마십시옷! 건강이 제일입니닷!"
 그날 폴리스맨은 폴리스맨이 아니었다. 그냥 멍청한 영감탱이였다. 애정은 돈으로 살 수 있는 게 아니라고 훈계를 했던 사람이 누군가? 바로 저 영감탱이 아니던가! 폴리스맨은 자기가 무슨 말을 떠들어 댔는지도 모르는 사람 같았다. 그리고 바로 다음 날, 폴리스맨은 돈을 들고 나타났다.
 찰칵.
 폴리스맨이 주스 할머니에게 흰 봉투를 넘겨주는 순간, 나는 놓치지 않고 휴대폰의 동영상 촬영 버튼을 눌렀다. 주스 할머니는 몇 번이고 "아이, 고마워요."를 연발했다. 연신 미소를 흩뿌렸다. 몇몇 할아버지가 주스를 사러 와도 거들떠보지 않았다. 나한테는 오로지 당신밖에 없다는 듯이 폴리스맨 옆에만 찰싹 달라붙어 있었다.

그리하여 오늘, 드디어 폴리스맨은 주스 할머니와 따로 만나기로 약속을 잡은 거였다. 그게 바로 내가 물에 빠진 생쥐 꼴을 하고서도 곧장 이 백발 공원으로 달려온 이유였다. 잘하면 폴리스맨과 주스 할머니가 모텔에 들어가는 장면을 찍을 수도 있지 않겠는가?

폴리스맨은 이제나저제나 주스 할머니가 나타나기만을 기다리며 사방을 두리번거렸다. 나는 휴대폰 폴더를 열었다. 폴리스맨이 주스 할머니에게 흰 봉투를 넘겨주는 장면이 저장되어 있었다.

크크크.

두고 보라고, 영감탱이야!

여기에 모텔 들어가는 장면까지 찍으면, 당신은 이제 끝이라고, 끝!

으하하핫!

내 입에서는 자꾸 이상한 웃음소리가 흘러나왔다.

자, 이제 주스 할머니만 나타나면 된다고!

나는 언제든 버튼을 누를 수 있도록 만반의 준비를 하고 나무 뒤에 숨어 있었다.

폴리스맨은 계속 서 있었다. 폴리스맨은 허리를 돌렸다. 폴리스맨은 입구를 바라봤다. 폴리스맨은 앉았다 일어났다, 다리 운동을 했다. 주스 할머니는 아직 나타나지 않았다. 나는 다리가 아팠다. 나는 나무 뒤에 쪼그려 앉았다. 폴리스맨은 왔다 갔다 했다. 폴리스맨은 하품을 했다. 누가 볼세라 손으로 입을 가렸다. 급히 입구를 쳐다봤다. 주스 할머니는 나타나지 않았다. 폴리스맨은 벤치로 가서 앉았다. 폴리스맨은 기침을 했다. 감기 기운이 있는지 계속 기침을 해 댔다. 그러다 꾸벅꾸벅 졸았다. 나도 자꾸 눈이 감겼다. 어디선가 개 짖는 소리가 들려왔다. 폴리스맨은 화들짝 놀라며 머리를 흔들었다. 나도 화들짝 놀라며 고쳐 앉았다.

폴리스맨은 뚫어지게 한곳만을 바라보고 있었다. 터져 나오는 기침을 참으며 계속 한곳만을 바라봤다. 폴리스맨이 바라보는 그 한곳을 나 역시 뚫어지게 바라봤다.

주스 할머니는 나타나지 않았다.

어느새 주위가 어두워지고 있었다. 폴리스맨의 기침 소리만 간간히 들려왔다.

주스 할머니는 나타나지 않았다.

가로등이 켜졌다.

저 멀리 어스름 속에서 주스 할머니가 가로등을 향해 걸어왔다. 폴리스맨이 벌떡 일어섰다.

"꽃님 씨!"

"경감님!"

두 노인네가 서로를 부르며 서로를 향해 다가갔다. 완전히 이산가족 상봉하는 순간이었다. 나는 서둘러 휴대폰의 폴더를 열고 동영상 촬영 모드를 준비했다.

그래그래. 그대로 빨리 포옹을 하는 거야. 빨리 손잡고 모텔로 들어가라고!

나도 모르게 자꾸 크크크, 웃음이 터져 나왔다.

아침 훈련도 정신 개조 훈련도, 지긋지긋한 청소도 이제 끝이다!

결정적인 동영상 하나만 찍으면 나는 해방이라고!

"꽃님 씨! 여기 좀 앉아 보세요."

폴리스맨이 주스 할머니를 공원 벤치로 이끌었다.

참내, 앉긴 왜 앉아? 빨리 손잡고 러브러브 모드로 들어가라니까!

내 맘을 전혀 알 리 없는 폴리스맨은 주스 할머니를 벤치에 앉히고는 진지하게 말하는 거였다.

"꽃님 씨! 이제 다 됐습니다!"

"되다니요? 뭐가요?"

"제가 책임지겠다고 하지 않았습니까? 주스 팔아 봤자 벌이도 신통치 않고, 먹고살기도 힘들다고 하셨지요?"

"그거야 그렇지만······."

"제가 요새 K고등학교에서 배움터 지킴이를 하고 있지 않습니까? 그런데 이번에 K고 교장 선생님께서 깨끗한 학교 만들기를 시작하기로 하셨다, 이겁니다!"

"그래서요?"

"K고 교장 선생님께서 꽃님 씨를 K고 청소 위원으로 모시겠다고 하셨다니까요!"

이렇게 말하고, 폴리스맨은 여봐란듯 가슴을 활짝 폈다.

"청소 위원요? 그러니까 나더러 지금 청소부를 하라 이 말이에요? 나, 참 기가 막혀서."

주스 할머니가 자리를 박차고 일어섰다. 좀 전까지 폴리스맨을 향해 나긋나긋한 미소를 보여 주던 그 사람이라고는 생각할 수도 없을 만큼 표독스런 얼굴로 소리를 질러 댔다.

"보자 보자 하니까 사람을 어떻게 보고! 아니, 왕년에 경찰이었으면 다야?"

"꽃님 씨! 왜 그러십니까? 저는 꽃님 씨가 힘들다고 하시기에……."

폴리스맨이 쩔쩔매기 시작했다. 그러거나 말거나, 주스 할머니는 분이 풀리지 않는지 계속 소리를 질러 댔고, 백발 공원에 있던 할아버지, 할머니들이 모여들기 시작했다.

"세상에! 세상에! 내가 억울해서 못 살아!"

노인네들이 주위로 모여들자 주스 할머니는 들으라는 듯이 일부러 더 큰 소리를 내는 거였다.

노인네들이 한마디씩 던졌다.

"무슨 일이래?"

"저 작자가 뭐라 그랬어?"

"세상에! 이 인간이 나더러 청소부를 하라잖아! 아니, 왕년에 경찰이었으면 다야? 얼마 전에 나한테 병원비에 보태 쓰라면서 돈을 주더라고. 웬일인가 했지. 고맙게 받았어. 내 평생 은혜를 잊지 않아야지……, 진짜 고맙게 생각했다고. 그런데 나더러 청소부 해서 그 돈을 갚으라는 거야!"

주스 할머니는 악을 써 댔다.

"돈을 얼마나 보태 줬다고 일을 해서 갚으래?"

"아니, 도와줬으면 그냥 도와주는 거지, 누구더러 청소부를 하래?"

할아버지, 할머니들이 저마다 한마디씩 던지는데, 한 할아버지가 앞으로 나섰다.

"왕년에 경찰이었으면 다야? 당신이 뭐야?"

일전에 폴리스맨한테 호되게 당한 깡패 할아버지였다.

"옛날에 경찰이었으면 경찰이었지, 지금도 경찰이야? 당신이 뭐라고 사사건건 간섭이야, 간섭은?"

깡패 할아버지가 폴리스맨의 멱살을 잡았다. 폴리스맨은 멱살을 잡힌 채로 한 사람, 두 사람, 세 사람…… 주위에 몰려든 노인네들을 바라봤다. 순간, 폴리스맨의 강렬한 눈빛에 사방이 조용해졌다. 그러나 그건 정말 순간이었다.

"뭐야! 째려보면 어쩔 거야?"

깡패 할아버지가 멱살 쥔 손에 힘을 주었다.

주스 할머니가 핏대를 올렸다.

"맞아! 자기가 뭐라고 나한테 장사를 하라 마라, 간섭이야? 저 인간 때문에 내가 아주 못살겠다니까!"

"그건 그래. 며느리 눈치 보기 싫어서 여기 나와 있는데, 여기 나와서도 저 인간 눈치를 봐야 돼?"

"우리가 술을 먹든 화투를 치든 연애를 하든 자기가 무슨 상관이야!"

주위에 몰려든 노인네들이 폴리스맨을 둘러쌌다. 누구는 삿대질을 하고 누구는 소리를 지르고 누구는 침을 뱉었다. 폴리스맨의 편이라고는 한 명도 없었다.

후두둑, 빗방울이 떨어지기 시작했다.

"당신! 경찰이었답시고 또 한 번 폼 재고 다니기만 해 봐! 그땐 정말 가만 안 둬!"

깡패 할아버지가 멱살 쥔 손에서 힘을 풀며 폴리스맨에게 으름장을 놓았다. 그 옆에서 주스 할머니는 깡패 할아버지의 팔을 잡아끌며 이러는 거였다.

"병원비 보태 준 건, 내가 무슨 짓을 해서든 돌려줄 테니까 다신 내 앞에 나타나지 말아욧!"

깡패 할아버지와 주스 할머니가 자리를 뜨자, 노인네들도 비를 피해 서둘러 발걸음을 돌렸다.

"저 작자 꼴 보기 싫어서 여기도 그만 올까 했는데, 마침 잘됐네."

"그러게 말이야."

비를 뚫고 간간히 노인네들의 말소리가 들려왔다.

폴리스맨은 꼼짝도 않고 서서, 비를, 비를 뚫고 들려오는 노인네들의 말을 듣고 있었다. 폴리스맨의 머리 위로 똑똑, 빗방울들이 세차게 노크를 해 댔다. 폴리스맨은 비를 피할 생각도 하지 않았다. 나는 비를 피할 생각만 했다. 살금살금, 나무들 뒤로 몸을 숨기며 화장실 쪽으로 뛰어갔다. 화장실 처마 밑에 서서 비를 피했다.

벤치 앞에 서 있는 폴리스맨의 뒤통수가 보였다. 납작했다. 납작한 뒤통수를 빗방울들이 계속 톡톡, 건드려 대고 있었다. 나는 하늘을 올려다봤다. 먹구름이 잔뜩 껴 있었다. 한바탕 크게 쏟아져 내릴 것 같았다.

폴리스맨은 여전히 꼼짝도 하지 않았다.

철썩—! 쏴아아—!

양동이나 고무호스로 K고 건물 벽에 물을 들이부을 때 나는 소리가 들려왔다. 하늘에 구멍이라도 뚫린 듯했다. 폴리스맨은 구멍 뚫린 하늘 아래 서서 물벼락을 맞고 있었다.

저, 저, 저 영감탱이가 정말!

나도 모르게 발을 동동 굴렀다.
에잇, 이젠 나도 모르겠다. 공원 입구를 향해 뛰어가는데, 마치 정지된 화면 속의 한 장면처럼 폴리스맨의 뒤통수가 시야를 가득 메웠다. 옆으로 픽 쓰러지는 뒤통수가 한없이 크게 클로즈업됐다.
이런, 젠장!
어느새 나는 폴리스맨을 향해 뛰어가고 있었다.

제6장
일주일만 시간을 주십시오!

"무슨 부귀영화를 누리겠다고 내가 꼭두새벽부터 일어나서 도시락을 세 개나 싸야 돼? 너 정말 공부를 하기는 하는 거야?"

용 여사는 아침부터 또 시작이었다. 그래도 도시락 반찬통에는 계란말이며 베이컨이 가득 들어 있었다. 이 정도 양을 준비하려면 정말 꼭두새벽에 일어나야 했을 거다.

"엄마!"

"왜?"

용 여사가 밥 퍼 담다 말고 나를 봤다. "고마워."라는 말이 입에서 맴돌았다. 정말 그랬다.

"왜? 너…… 혹시 중간고사 죽 쏜 거야?"

용 여사는 정말이지 용 여사였다.

"오늘은 죽 싸 줘."

"고마워."라는 말은 쑥 들어가고, 갑자기 엉뚱한 말이 튀어나왔다.

"죽? 이 인간이 진짜! 네 눈엔 이게 안 보여? 엄마가 특별히 계란말이까지 했더니 뭐? 죽을 싸 줘? 이게 진짜!"

용 여사가 주걱을 휘둘렀다. 하마터면 흥부가 될 뻔했다. 용 여사가 밥풀 묻은 주걱으로 뺨을 후려치기 전에 후다닥 싱크대로 달려갔다. 뒤에서 용 여사의 허리를 와락 껴안아 버렸다.

"어머머! 징그럽게 이게 뭐 하는 짓이야!"

용 여사가 팔짝 뛰었다. 그러거나 말거나, 나는 용 여사의 허리를 더 꽉 끌어안았다. 죽 쒀 달라고 떼를 썼다.

"아니, 이 녀석이 왜 안 하던 짓을 하고 그래? 너! 이번엔 꼭 전교 1등 해야 돼? 알았지?"

나는 무조건 고개를 끄덕였다. 용 여사는 눈을 흘기면서도 죽을 쒔다. 죽을 보온 도시락에 담자, 벌써 7시가 다 됐다.

나는 후다닥 자전거에 올라탔다. 교문엔 벌써 선도부 아이들이 진을 치고 있었다. 그런데 폴리스맨은 없었다.

"지각이닷!"을 외치며 득달같이 달려와야 할 인간이 안 보이다니!

　어째 이상했다. 운동장을 휘둘러봤다. 새 둥지도 안 보였다. 나는 죽이 든 보온 도시락을 무슨 보물인 양 껴안고 교실로 올라갔다.

　"고자로 만들어 버려!"

　K고의 1학년 1반 멧돼지들은 오늘도 '고자 만들기'로 아침을 시작하고 있었다. 새 둥지는 제 책상에 엎드려 드르렁 드르렁 코를 골고 있었다.

　"야! 아침 훈련 안 했어?"

　내가 묻자, 새 둥지란 녀석은 귀를 막았다.

　"폴리스맨도 없는데 그걸 왜 하냐? 엇? 그거 밥이냐?"

　새 둥지는 오로지 아침밥에만 관심을 보였다. 녀석은 보온 도시락을 보자마자 달려들었다. 그런데 뚜껑을 열더니 한다는 소리가 "에게? 죽이잖아?"였다. 그러고는 다시 엎드려 잤다. 죽은 보기도 싫다나 뭐라나.

　곧 1교시가 시작될 시간이었지만 나는 보온 도시락을 들고 복도로 달려 나갔다. 폴리스맨이 아침마다 도시락을 먹곤 하던 벤치를 쳐다봤다. 텅 비어 있었다. 텅 빈 벤치를 보자 이상하게도 가슴 한쪽이 저려 왔다. 나는 주머니에 손을 넣어 폴리스맨의 호루라기를 움켜쥐었다. 지난밤 폴리스맨이 쓰러지며 떨어뜨린 것을 내가 주웠다.

호루루루! 호루루!

"동작 봐랏! 16초 9! 13초로 단축할 때까지 계속이닷!"

당장이라도 운동장 저쪽에서 폴리스맨의 호루라기 소리가 들려올 것만 같았다. 호루라기를 불며 폴리스맨이 내 쪽으로 달려올 것만 같았다. 그러고 보면, 어린 시절 내내 아빠와 함께하고 싶었던 일 중의 하나를 나는 폴리스맨과 함께했던 것이다. 아빠와 함께하고 싶었던 일 중 하나가 바로 운동장에서 100미터 달리기 연습을 하는 거였다. 그러나 아빠는 여느 아버지들처럼 늘 바빴고, 업무와 회식에 시달리다 밤늦게 집으로 돌아오면 쓰러져 자기 일쑤였다. 휴일엔 어쩌다 외식을 하거나 야외 수영장에 놀러 가는 것이 전부였다.

아빠와 함께하고 싶었던 일들…… 함께 운동하고, 함께 청소하고, 함께 도시락을 먹고…… 그런 일들을…… 나는 폴리스맨과 함께하고 있었던 건가?

어쩌면.

철썩—! 쏴아아—!

폴리스맨의 머리와 어깨를 두들겨 패던 빗줄기와 옆으로 픽, 쓰러지던 폴리스맨의 뒤통수 같은 것들이 머릿속에서 마구 뒤엉키기 시작했다.

지난밤, 나는 될 대로 되라는 심정으로 공원을 떠나려고 했다. 그러나 내 발은 나도 모르게 폴리스맨을 향해 달려갔다. 제정신을 차렸을 땐 이미 쓰러진 폴리스맨을 등에 업고 있었다.

"이런, 젠장!"

연신 투덜거리면서도 나는 폴리스맨의 엉덩이를 받쳐 든 손에 힘을 주었다. 폴리스맨을 등에 업고 산을 오르는 동안에는 힘든 줄도 몰랐다. 한 발 한 발 힘주어 위로 올라가자 태극기가 보였다. 산꼭대기 폴리스맨네 현관에 꽂혀 있던 태극기였다. 폴리스맨의 태극기는 휘날리고 있었다. 퍼붓는 빗줄기에도 굴하지 않고 휘날리고 있었다. 괜히 가슴이 뜨거워졌다. 나는 무엇에 홀린 듯 태극기를 향해 전진해 나갔다. 쫄딱 비를 맞고 진흙투성이가 되어 드디어 태극기 앞에 섰다.

"충성!"

나도 모르게 충성을 외쳤다.

"나, 지금 뭐 하는 거야?"

내 입에서 튀어나온 말에 내가 더 놀라고 말았다. 나는 서둘러 집 안으로 뛰어 들어갔다. 방문을 열자 퀴퀴한 냄새가 코를 찔렀다. 홀아비 영감탱이의 냄새는 그 어떤 보안 장비보다 뛰어난 성능을 자랑했다. 순간 웩 구역질이 났지만 참았다. 폴리스맨은 여전히 내 등짝에 찰싹 달라붙어 있었다.

나는 폴리스맨을 방바닥에 내려놨다. 서둘러 제복을 벗겼다. 제복에서 뚝뚝, 빗물이 떨어졌다. 폴리스맨은 내가 옷을 벗기고 수건으로 물기를 닦아 내는 동안에도 정신을 놓고 있었다.

이러다 진짜 큰일 나는 거 아냐?

순간, 112를 부를까도 생각했지만 잠시 후 "끄응." 하고, 폴리스맨의 입에서 신음이 새어 나왔다. 뒤돌아보니, 폴리스맨은 가늘게 눈을 뜨고 있었다.

"그러니까 그게……."

나는 무슨 말부터 해야 될지 몰라 우물쭈물했다.

"……."

폴리스맨은 나를 잠깐 쳐다보고는 그만이었다. 아무 말도 하지 않았다. 그저 천장만 올려다봤다.

나는 방바닥에 널브러져 있는 폴리스맨의 제복을 가만히 못에 걸고, 밖으로 나왔다.

등 뒤로 으허엉, 하고 울음소리 같은 것이 들려왔다.

나는 세차게 고개를 내저었다. 절대로 그럴 리 없다고 생각했다.

지난밤에는 말이다.

그러나 텅 빈 벤치를 보자, 어쩌면 그럴 수도, 하는 생각이 들었다.

으허엉.

어쩌면 그 소리는 정말 폴리스맨이 우는 소리였을까?

내가 폴리스맨의 호루라기를 만지작거리며 어떤 소리의 진원지에 대해 생각하고 있는데, 계단 쪽에서 말소리가 들려왔다.

"뭐? 자기가 책임지겠다고? 이게 말이 되는 거예요? 어떻게 연락도 없이 안 나와요? 어쩐지 그 할아버지, 처음부터 믿음이 안 가더라니까."

"그러게 말입니다. 배움터 지킴이랍시고 무단결근씩이나 하는 작자가 선도는 무슨……."

"그런데 그게 정말이에요? 그 할아버지, 연락처도 가짜였다면서요? 교감 선생님이 계속 전화를 걸었는데 그런 사람 안 산다고 했다잖아요?"

"그러게 말입니다……."

"혹시…… 노숙자 아니에요?"

"설마 그럴 리가……."

영어 선생과 담임이었다. 들키면 한 소리 들을 게 뻔했다. 수업 시작 종 울린 지가 언젠데 여기 서 있는 거냐, 혼쭐이 날 터였다. 그런데도 나는 못 박힌 듯 꼼짝할 수 없었다. 폴리스맨에 대한 얘기였기 때문이다.

"설마는 무슨요. 그 애들 있잖아요, 아침마다 책상 닦으러 오는 애들. 그 녀석들, 오늘은 오지도 않았더라니까요. 뭐?

완전히 바꿔 놓는다고? 대체 뭘 바꿔 놨다는 건지!"

어느새 얘기가 그렇게 흘러가고 있었다. 하필이면 그때 담임이 나를 발견했다.

"야! 윤현상, 너! 수업 종 울린 지가 언제야?"

담임이 출석부를 휘두르며 쫓아왔다. 뒤에서 영어 선생은 그것 보라는 듯이 나를 위아래로 훑어봤다.

"너, 오늘 내 책상 닦았어, 안 닦았어?"

"……."

담임은 물 만난 물고기처럼 활개를 쳤다.

"이 녀석이 왜 대답이 없어? 영어 선생님이 됐다고 하실 때까지 아침마다 책상 닦아 드리라고 했어, 안 했어? 그 할아버지가 안 나왔다고 당장 그만둬? 도대체 머리에 뭐가 들었냐?"

"아휴, 관두라 그래요. 야! 너희들 오늘부터 내 책상 절대로 닦지 마! 그리고 선도 위원인가 뭔가, 그 할아버지! 그 할아버지도 자기가 내뱉은 말에는 책임을 져야 될 거 아니니? 그렇지요, 이 선생님? 제 말이 맞지요?"

"옛? 그러니까 무슨 말씀이신지?"

"책임진다고 했으면서 책임을 지기는커녕 연락도 없이 출근도 안 했잖아요? 그런 사람한테 어떻게 우리 학교를 맡길 수 있어요? 노는 할아버지들 많잖아요? 왜 이런 무책임한 사람한테 나랏돈을 줘요? 당장 다른 사람으로 바꿔야죠!"

영어 선생은 그러고는 그만이었다. 곧장 내 앞을 가로질러 갔다. 그 뒤를 담임이 쫓아갔다.

"바꿔요?"

"그럼요, 당연히 바꿔야지요! 수업 끝나면 바로 교장 선생님께 말씀드릴 거예요!"

영어 선생은 벌써 1학년 1반 앞문을 열고 칠판 앞에 가서 섰다.

"바꿔? 폴리스맨을?"

왜 그 순간, 폴리스맨의 "끄응." 소리가 들려왔는지 모른다. 왜 하필이면 그 순간, 천장을 올려다보던 폴리스맨의 눈빛이 생각났는지 모른다. 왜 그 순간, 내 등짝에 찰싹 달라붙어 있던 폴리스맨의 축 늘어진 몸이 떠올랐는지는 정말, 정말 모른다. 왜 하필이면 그 순간에 기마 자세를 하고 제복을 다림질하던 폴리스맨의 구멍 뚫린 난닝구가 떠올랐는지는 진짜 불가사의다.

어쨌든 그 순간엔 그랬다.

나는 후다닥 교실로 뛰어 들어갔다. 보온 도시락을 든 채로 칠판 앞에서 무릎을 꿇었다.

"일주일만 시간을 주십시오!"

"어머, 깜짝이얏! 너, 뭐야? 뭘 달라는 거야?"

"무슨 사정이 있을 겁니다. 제가 책임지고 폴리스맨, 아니 배움터 지킴이님을 다시 학교로 데려오겠습니다."

나는 영어 선생의 눈을 똑바로 쳐다봤다.

"책임져? 누가 누구를 책임지는데? 네가? 감시하는 사람 없으면 책상 하나도 책임지고 못 닦는 인간이?"

영어 선생이 피식, 웃었다. 뒤이어 아이들이 와하하, 웃었다. 저 녀석 왜 저래, 하는 말도 들려왔다. 나는 1학년 1반 멧돼지들을 째려봤다. 아주 잠깐, 교실엔 정적이 흘렀다.

"일주일만 시간을 주십시오. 그때 잘라도 늦지 않잖아요?"

나는 보온 도시락을 꽉 끌어안았다. 영어 선생의 입꼬리가 살짝 위로 올라갔다.

"좋아. 대신, 그 할아버지가 안 나오면 네가 정학이야!"

"야! 교무실 가자!"

1교시가 끝나자마자 새 둥지 자리로 달려갔다. 녀석은 내가 나타나자 팔로 연습장을 가렸다. 보나마나 또 여자 누드나 그리고 있었을 게 뻔하다.

"교무실엔 왜 가?"

"잔말 말고 그냥 따라와!"

나는 녀석의 팔을 잡아끌었다. 그 바람에 녀석이 팔로 가리고 있던 연습장이 바닥에 떨어졌다. 연습장 가득 길이 그려져 있었다. 고속도로 같기도 하고, 보물찾기 지도 같기도 했다. 내 시선이 연습장에 닿자마자 녀석은 얼른 연습장을 주워 서랍 속에 쑤셔 넣었다.

여자 누드 같은 건 여봐란듯이 보여 주는 주제에! 아무튼 이상한 녀석이라니까.

나는 녀석을 끌고 교무실로 내려갔다. 영어 선생의 책상을 박박, 어느 때보다 열심히 닦았다. 걸레도 깨끗한 걸레였다.

"책상은 왜 닦아? 절대로 닦지 말라 그랬잖아!"

영어 선생이 걸레를 움켜쥐었다. 그러거나 말거나, 나는 닦았다. 새 둥지는 안 닦았다. 나는 새 둥지를 째려봤다. 녀석은 할 수 없다는 듯이 마른걸레로 영어 선생의 책상을 훔쳤다.

"뭐 이런다고 달라질 것 같아?"

영어 선생이 걸레를 놓으며 빈정거렸다. 그러거나 말거나, 나는 책상 위에 있는 머그잔을 집어 들었다.

"그건 왜 들고 가는 거야?"

등 뒤로 영어 선생의 째지는 목소리가 들려왔다. 그러거나 말거나, 나는 영어 선생의 머그잔을 깨끗이 닦아 와서 책상 한쪽에 잘 내려놨다. 나는 영어 선생에게 깍듯이 인사하고 교무실을 빠져나왔다.

"쳇."

영어 선생의 혀 차는 소리가 들려왔지만, 신경 안 쓰기로 했다.

"야! 너, 미친 거 아니냐?"

새 둥지는 나를 완전 미친놈 취급했다. 역시 신경 안 쓰기로 했다.

수업이 끝나자마자 나는 또 새 둥지를 운동장으로 끌고 내려갔다.

"자, 뿌려!"

내가 고무호스를 넘겨주자 새 둥지는 또 미친놈 타령이었다. 그러거나 말거나, 나는 수돗가로 뛰어 내려가 고무호스 끝을 수도에 연결했다.

내가 수도꼭지를 돌리자마자 쫄쫄쫄, 고무호스를 따라 물 흐르는 소리가 들려왔다.

철썩—! 쏴아아—!

새 둥지가 고무호스 끝을 들어 올리자마자 수돗물은 건물 벽을 때리며 시원하게 아래로 흘러내렸다.

"얏호!"

새 둥지는 고무호스를 붙잡고 아예 건물 벽에다 물로 그림을 그렸다. 그 밑에서 나는 비질을 했다. 건물 벽을 타고 흘러 내려온 물을 빗자루로 쓸었다. 새 둥지가 고무호스를 휘두를 때마다 등짝으로 물이 튀었지만, 신경 안 쓰기로 했다.
 퇴근하던 선생들이 발걸음을 멈추고 우리를 쳐다봤다. 모두 의외라는 표정이었다. 영어 선생은 어깨를 으쓱해 보이고는 곧장 교문을 빠져나갔다.
 물청소를 끝내고 나자 완전 물에 빠진 생쥐 꼴이 되고 말았다. 새 둥지 역시 마찬가지였다.
 "꼴이 이게 뭐냐."
 "그러는 너는……."
 새 둥지와 나는 서로를 손가락질하며 낄낄거렸다.
 어느새 노을이 지고 있었다. 나는 노을을 바라보며 자전거에 올라탔다. 새 둥지에게 보온 도시락을 넘겼다.
 새 둥지가 물었다.
 "이걸 왜 나한테 줘?"
 "타라고."
 나는 자전거 뒷자리를 가리켰다. 녀석은 할 수 없다는 듯이 보온 도시락을 들고 뒷자리에 올라탔다.
 "너, 그거 떨어뜨리면 끝장이다!"
 나는 있는 힘껏 페달을 밟았다. 우리를 태운 자전거는 무서운 속도로 앞으로 달려 나갔다.
 "야호! 더 밟아, 밟아, 밟아!"
 새 둥지는 목적지에 도착할 때까지 잠시도 가만있지 않았다. 그러거나 말거나, 나는 페달을 밟았다.
"어? 뭐야, 이거?"
내가 폴리스맨의 집으로 향하는 계단 앞에 자전거를 세우자 새 둥지는 펄쩍 뛰었다. 자기는 같이 안 가겠다는 거였다. 프리맨은 힘든 건 딱 질색이라나 뭐라나. 새 둥지는 계단을 보자마자 얼른 보온 도시락을 나한테 들이밀었다. 나는 한 계단 위에 올라서서 물었다.
"폴리스맨한테 훈련받을래, 영어 선생한테 고소당할래?"
내 말에 새 둥지의 머리카락들이 위로 삐죽, 솟아올랐다.
"엉? 그게…… 그렇게 되는 거였냐? 에이 씨! 이건 네가 들어!"
새 둥지가 투덜거리며 계단을 오르기 시작했다.
헉헉. 켁켁.
새 둥지는 아예 혀까지 내밀고 기어올랐다. 나중에는 내가 엉덩이를 받쳐 주기까지 했다.
마침내 마지막 계단을 밟고 올라가자 가장 먼저 태극기가 보였다. 태극기는 완전…… 걸레 수준이었다. 지난밤 빗줄기에도 굴하지 않고 무슨 깃발인 양 휘날리던 그 모습은 대체 어디로 갔단 말이냐.
비에 젖어 후줄근해진 태극기를 보자 이상하게도 가슴이 저려 왔다.

"크헉! 으윽—!"

폴리스맨네 집에서 당장이라도 숨넘어갈 듯한 기침 소리가 들려왔다. 살금살금, 발뒤꿈치를 들고 문 앞으로 갔다. 문은 잠겨 있지도 않았다. 고개만 살짝 들이밀고 살펴봤더니, 마루엔 아무도 없었다. 기침 소리는 안방에서 들려오고 있었다.

나는 보온 도시락을 들고 마당 안으로 들어섰다. 새 둥지도 따라 들어왔다.

"으허엉— 으헝—."

마루로 올라서는데 예의 그 "으허엉—." 소리가 들려왔다. 절대로 그럴 리는 없다고 생각하면서도 나는…… 우뚝 멈춰섰다.

"우, 우…… 우는 거야? 지금?"

새 둥지는 너무 놀라 말까지 더듬었다.

나는 후다닥 마루를 달려 내려가 새 둥지의 입을 틀어막았다. 혹시나 폴리스맨이 들을까 싶어, 다리가 다 후들거렸다. 나는 보온 도시락만 마루에 살짝 올려놓고는 새 둥지를 끌고 나왔다.

"맞지? 아까 그 소리, 저 영감 우는 소리였지?"

계단을 내려오면서도 새 둥지는 계속 쫑알거렸다. 닥쳐, 라고 말하고 싶었지만…… 내 입에서는 엉뚱한 말이 튀어나왔다.

"어쩌면."

"어쩌면? 저 인간, 왜 저러냐? 너, 무슨 일인지 알지? 그러니까 죽까지 쒀 온 거 아냐?"

나는 한숨을 쉬며 계단 중간에 앉아 휴대폰 폴더를 열었다.

새 둥지는 폴리스맨이 공원에서 주스 파는 할머니에게 돈 봉투를 넘겨주는 동영상을 보자마자 혀를 찼다.

"이 영감탱이 이거, 완전 초짜였잖아. 그러니까 이 영감탱이가 할머니 여왕벌에게 당했다 이거냐?"

"할머니 여왕벌?"

"그래, 할머니 여왕벌! 노인들만 전문적으로 등쳐 먹는 할머니들인데, 이 할머니 완전 꾼이야."

"네가 그걸 어떻게 알아?"

"어? 그러니까 그게……."

새 둥지는 여기서 잠깐 말을 더듬거렸다.

"어떻게 알긴 뭘 어떻게 알아? 척 보면 척이지. 이 영감 진짜 한심하다, 한심해. 뭐 돈만 갖다 주면 여자가 마음을 준대? 여자는 이렇게 다루는 게 아니지. 여자 마음 붙잡는 게 뭐 어렵다고…… 쳇!"

새 둥지는 여자에 관해서라면 뭐든 다 안다는 투였다.

"병신같이 여자한테 차이고 저 난리야? 여자한테 몸이고 마음이고 다 갖다 바치고도 차이는 병신은 죽어도 싸지, 죽어도 싸."

새 둥지는 너무 한심해서 더 이상 말도 하기 싫다고 했다.

"야! 그건 말이 너무 심하잖아? 그런 거 아니라니까. 여왕벌한테 당한 게 아니라……."

"아니긴 뭐가 아냐! 그리고 심하긴 뭐가 심해? 저 영감탱이를 진짜!"

새 둥지는 당장이라도 달려 들어가 폴리스맨을 두들겨 패기라도 할 것 같았다. 새 둥지는 불끈, 주먹을 움켜쥐고 거친 숨을 몰아쉬었다. 왜 네가 그렇게 흥분하는 거냐고 묻고 싶었지만, 말도 꺼내지 못했다. 새 둥지는 정말 화를 내고 있었다. 녀석의 이런 모습은 정말 뜻밖이었다. 녀석의 분노한 모습은 지금까지 보여 줬던 한심한 모습이 어쩌면 모두 가짜였을지도 모른다는 생각마저 들게 했다.

"저 작자가 어떻게 되든 말든! 난 손 뗀다!"

녀석은 으름장을 놓듯 내게 소리를 지르고는 그대로 등을 돌려 버렸다. 도끼로 뒤통수를 한 대 얻어맞은 기분이었다.

"여자한테 몸이고 마음이고 다 갖다 바치고도 차인 인간은 죽어도 싸다고!"

"그런 거 아니라니까! 네가 뭘 안다고 그래?"

나는 나도 모르게 폴리스맨을 편들고 있었다. 그리고 마음 한편에 자꾸만 어떤 물건들이 떠오르기 시작했다.

뚜껑을 열면 발레리나가 튀어나와 뱅뱅 맴을 돌던 오르골, 태엽을 감으면 회전목마들이 돌아가던 오르골, 태엽을 감으면 새끼 고양이들이 야옹야옹거리던 오르골 등등, 내가 신유한테 갖다 바친 온갖 오르골들이 떠오르는 거였다. 어렸을 때부터 신유는 오르골이라면 자다가도 벌떡 일어났다. 나는 무슨 날만 됐다 하면 신유한테 오르골을 갖다 바치기 위해 온갖 팬시점을 돌아다녔다.

그러니까 나야말로 여자한테 뭐든 다 갖다 바치고도 차인 병신이라는 거냐?

나는 손에 들고 있던 휴대폰을 내려다봤다. 동영상 재생 버튼을 눌렀다.

"꽃님 씨, 아무 걱정 마셔욧!"

여자한테 뭐든 다 갖다 바치고도 차인 병신이 또 한 명, 동영상 속에서 활짝 웃고 있었다. 아니라고, 폴리스맨은 여자한테 차여서 아픈 게 아니라고, 내 안의 목소리는 계속 소리쳤다. 그런데도 폴리스맨의 얼굴 위로 자꾸만 오르골 태엽을 감는 신유 옆에서 웃고 있는 내 얼굴이 겹쳐졌다.

"이런, 젠장!"

나는 벌떡 일어섰다. 성큼성큼 계단을 밟고 올라갔다. 폴리스맨 집 현관에 꽂혀 있는 태극기 앞에 섰다. 태극기는, 비에 젖어 후줄근해진 태극기는, 영락없이 지난밤의 폴리스맨의 모습이었다. K고로 떨어진 뒤로 늘 어둠 속에 몸을 숨기는 내 모습이었다.

"왕년에 경찰이었으면 경찰이었지, 지금도 경찰이야?"

"아무래도 우리 신유는 이번 달부터 예고 애들이랑 과외를 해야겠어요."

왕년의 경찰 제복을 벗게 되자 폴리스맨을 공원에서 쫓아낸 노인네들, 외고 시험에서 떨어지자마자 나를 과외 그룹에서 쫓아낸 신유네 엄마와 이제는 연락도 끊겨 버린 중학교 때 친구들…….

지금 방 안에 홀로 누워 있는 저 폴리스맨도 나처럼 내 것이라고 믿었던 세계로부터 추방당한 낙오자인 거다.

그렇다고 해도, 이렇게 후줄근해진 모습으로, 이렇게 고개를 떨구고 있어야 된단 말인가?

나는 나도 모르게 태극기를 뽑아 들었다. 마당으로 들어가 수도 앞에 쪼그려 앉았다. 쏴아아— 흐르는 물에 태극기를 갖다 댔다. 나는 두 손으로 박박 태극기를 비벼 댔다. 그렇게 하면, 지켜 주려고 했던 사람들에게 거부당한 채 홀로 외로이 서서 비를 맞던 폴리스맨의 모습이라든지, H예고를 올려다보며 어둠 속에 몸을 숨기고 있던 내 모습 같은 것들이 사라져 버리기라도 할 것처럼.

내 손끝에서 비바람에 잔뜩 더러워져 있던 태극기가 서서

히 맑은 모습을 드러냈다. 나는 깨끗해진 태극기를 들고 일어섰다. 방 안에서는 간간히 기침 소리가 들려오고 있었다. 나는 폴리스맨이 누워 있는 안방을 향해 태극기를 활짝 펼쳤다. 두 손에 잔뜩 힘을 주자 쫘악— 태극기의 주름이 펴졌다.

나는 현관으로 나가 게양대에 다시 태극기를 꽂았다.

"뭐 하다 이제 들어와? 신유는 아까부터 와서 기다리고 있는데! 그딴 정신으로 스카이는 무슨 스카이야! 하여간 이번에 전교 1등만 못해 봐!"

집으로 들어서자마자 용 여사의 잔소리 폭격을 맞았다. 다행히 신유가 거실로 나왔다.

"어, 신유야, 왜? 뭐 과일이라도 줄까?"

신유가 거실로 나오자마자 용 여사의 얼굴빛이 180도 달라졌다. 하여간 엄마들이란.

"나 잘했지?"

내 방으로 들어와 방문을 닫자마자 신유가 빙그레 웃었다. 덧니 하나가 앞으로 쏙 삐져나왔다. 순간, 가슴이 뛰었다.

어쩌자고 난 신유한테 이렇게 약한 걸까?

"칭찬도 안 해 주네? 내가 그때 거실로 안 나갔으면 현상이 년 끝장이었어. 너 안 들어온다고 너희 엄마 얼마나 화났었는데."

신유는 참새처럼 잘도 재잘거렸다. 나는 한마디도 못했다. 아니, 할 수 없었다. 방 안에 신유 향기가 가득했다. 복숭아 향 같기도 하고 레몬 향 같기도 하고……. 하여간 무어라 형용할 수 없는 달콤한 향기가 코를 가득 메웠다. 게다가 자꾸…… 자꾸 신유 가슴이 눈에 들어왔다. 신유 교복 앞가슴에 초록색 물감 얼룩이 묻어 있었는데 자꾸…… 눈이 갔다.

신유 가슴이 저렇게 컸었나?

신유 향기가 이렇게 향긋했나?

나는 어디에다 시선을 둬야 할지 몰랐다. 냄새를 맡고 있는 것만으로도 다리에 힘이 풀렸다. 단박에 몸이 뜨거워져 버리고 말았다.

신유를 상대로 이, 이, 이런 기분을 느끼다니!

신유 향기를 맡는 것만으로도 나는 무슨 큰 죄를 저지르는 것만 같았다. 그런데도 신유는 내가 자기를 상대로 어떤 감정을 느끼고 있는지 전혀 눈치채지 못하고 있었다.

나와는 달리 밀폐된 공간에 단둘이만 있다는 사실에 전혀 어색함을 느끼지 않는 신유를 보고 있자니, 이 녀석에게 난 대체 뭔가, 하는 생각까지 들었다. 하마터면 신유 넌 정말 아무렇지도 않은 거냐, 하고 물을 뻔했다.

그때 문이 열리고 과외 선생이 들어왔다.
"아 앰 쏘우 쏘리! 늦어서 미안!"

새 과외 선생은 서울 시내에 있는 명문 외고를 졸업하고 아이비리그에서 학위를 따 왔다는 이력만큼이나 겉모습도 화려했다. 온몸에 명품을 휘두르고 있었다.

휘익— 휘파람을 불며 신유가 내게 찡긋, 윙크를 했다. 그 모습이 어찌나 귀엽던지 하마터면 코피를 쏟을 뻔했다. 그러거나 말거나, 영어 과외는 시작되었다.

"Because the train travels so high, the carriages are filled with extra oxygen to minimize altitude sickness……."

과외 선생이 독해 지문을 읽어 나가기 시작했다. 우리 엄마 용 여사와 신유네 엄마가 강남과 강북을 발이 닳도록 돌아다니고, 전화통에 불이 나도록 전화를 돌리고 돌려서 어렵사리 빼내 왔다는 과외 선생은 정말 장난이 아니었다. 영어 과외만으로 외제차 굴리고, 명품으로 온몸에 도배를 하고 다니는 사람답게 잘 돌아가는 혀를 소유하고 있었다. 원어민보다 더 원어민 같은 발음을 듣고 있으려니 머리가 다 빙빙 도는 듯했다. 어지럽기는 신유도 마찬가지인 듯했다. 신유는 자꾸 탁자 밑으로 손을 내렸고, 딴짓을 했다.

"왓?"

보다 못한 과외 선생이 탁자 밑으로 내려가던 신유의 손등을 때렸다. 순간, 탁 소리가 나며 뭔가 방바닥으로 떨어졌다. 신유의 휴대폰이었다.

"오 마이 갓!"

과외 선생은 살다 살다 이런 일은 처음 당한다는 듯이 굴었다.

"세상에! 내 과외 시간에 딴짓을 하다니. 너는 돈이 아깝지도 않니? 지금 넌 전쟁터에 와 있는 거야, 전쟁터! 전쟁 중에 한눈을 팔면 어떻게 되는 줄 알아? 바로 총알이 날아와. 죽는 거라고!"

과외 선생은 너무 많이 들어서 아무런 약발도 통하지 않는 말들을 그야말로 엄청난 속도로 쏟아 냈다. 그런 뒤에 신유의 휴대폰을 뺏어 탁자 위에 올려놨다.

"German retailer Metro wanted to show people how technology…… 왓?"

과외 선생이 독해 지문을 읽다 말고 또 왓을 외쳤다. 탁자 위의 신유 휴대폰이 부르르 떨어 대고 있었다. 신유가 휴대폰 쪽으로 손을 뻗었다. 순간 딱, 소리가 나게 과외 선생이 신유 손등을 때렸다. 신유 손은 다시 제자리로 돌아갔다.

"Using radio technology, every single item…… 왓?"

탁자 위의 신유 휴대폰이 또 부르르 떨어 대고 있었다. 순간, 과외 선생이 손을 들어 올렸다. 그러나 이번에는 신유 손이 더 빨랐다.

"까꿍!"

신유가 휴대폰을 집어 들자마자 저 너머 어딘가에서 "까꿍."이 날아왔다.

"미안. 내가 나중에 전화할게."

신유는 짧게, 잘라 말하고 휴대폰을 꺼 버렸다. 그래도 한시름 놨다는 표정이었다.

까꿍? 까꿍이라고?

그 뒤부터 내 귀에는 아무 소리도 들리지 않았다. 우리 엄마 용 여사와 신유네 엄마가 어렵게 어렵게, 간신히 모시게 되었다는 최고의 과외 선생도 나를 집중하게 하지 못했다. 단 하나의 영어 단어도 내 머릿속에 집어넣지 못했다.

왜냐고?

그야…… 내 머릿속에는 온통 "까꿍!"뿐이었으니까.

설마, 설마…… 절대로 믿고 싶지 않았던 상상이 현실이 되는 순간이었으니까. 내 몸은 신유와 단둘이 있다는 사실을 자각했을 때와는 완전히 다른 이유로 다시 활활 타오르기 시작했다. 불바다에라도 뛰어든 것처럼 온몸이 뜨거워졌다. 탁자 위에서 부르르, 떨어 대던 신유의 휴대폰 속에서 뜬금없이 튀어나온 "까꿍!"은 어두운 골목에 숨어 있어야 했던 지질한 내 모습이라든지, 새 둥지의 헛소리에 배를 잡고 웃어 대던 신유의 모습 같은 것들을 자꾸 떠오르게 만들었다.

"으으으!"

급기야 나는 두 손으로 머리를 싸쥐고 말았다.

"왓?"

급기야 과외 선생은 끝나기 10분 전에 방 밖으로 나가 버리고 말았다.

"아니, 선생님 왜 벌써?"

"오늘은 첫날이라 애들이 아직 적응을 못하는 것 같아요. 오늘 과외 받는 태도를 보니까, 어휴! 집중력도 좀 떨어지는 것 같고……. 어머나, 세상에! 벌써 시간이 이렇게 됐잖아? 저는 또 수업이 있어서 긴 얘기는 나중에 전화로 다시 하죠."

쾅, 하고 현관문 닫히는 소리가 들려왔다. 곧이어 벌컥, 하고 용 여사가 방문을 열고 들어왔다.

"도대체 뭘 어떻게 했기에……."

용 여사는 잠깐, 착각을 했던 모양이었다. 나만 혼자 있다고 말이다. 용 여사는 신유를 보자마자 얼른 언성을 낮췄다.

"신유야, 많이 힘들지? 아유, 이렇게 늦은 시간까지 공부하느라고 우리 신유, 얼마나 힘드니? 잠깐만 기다려. 아줌마가 야식 만들던 중이었으니까 먹고 가. 알았지?"

용 여사는 일단 후퇴했다. 신유를 집에 보내고 난 뒤에 나만 족칠 생각인 듯했다.

　용 여사가 나가자마자 신유는 휴대폰 전원을 켰다. 엄청난 속도로 문자를 찍기 시작했다. 곧장 답신이 왔다. 무슨 내용의 메시지였는지, 답신이 오자마자 신유 얼굴이 보름달만큼이나 밝아졌다.

　"현상아! 나 지금 잠깐 어디 들렀다 가야 되거든. 만약에 우리 엄마한테 전화 오면……. 어, 뭐라고 그러지? 뭐라고 그럴까? 그래! 오늘 과외 선생이 교재로 쓸 책을 사 오라고 해서 교재 사러 갔다 그래. 알았지?"

　신유는 내 대답은 듣지도 않았다. 후다닥 가방을 챙겨 밖으로 뛰어나갔다. 방문을 빠져나가며 나한테 찡긋, 윙크까지 해 보였다. 자기네 엄마한테 전화가 오면 잘 둘러대라는 뜻이었다.

　"신유야! 야식 먹고 가라니까! 왜 벌써 가니?"

　주방에 있던 용 여사가 달려 나왔다.

　"서점에 교재 사러 가야 돼요! 문 닫기 전에 빨리 가야 되거든요."

　신유는 거짓말도 참 잘했다. 내가 아는 신유는 거짓말 같은 건 할 줄 모르는 아이였는데……. 신유는 어쩌다 저렇게 표정 하나 안 변하고 거짓말을 하는 애가 됐을까? 누가 나의 신유를 저렇게 만들어 놓은 거야! 거짓말까지 해 가면서 대체 어딜 잠깐 들르겠다는 거냐, 엉?

나는 후다닥 현관으로 달려갔다. 신유가 계단을 뛰어 내려가는 소리가 들려왔다.

"야! 윤현상! 넌 또 어디 가?"

"교재 사러 가야 된다니까!"

나는 운동화에 발을 다 집어넣지도 않고 무작정 신유를 쫓아갔다.

제7장
백전백패

 신유의 거친 숨소리가 어두운 골목 안을 가득 메웠다. 창문이 깨지고 문이 떨어져 나간 집들이 신유의 숨소리에 맞춰 낮게 신음했다. 사람이 살지 않는 집들의 문이 덜컥거릴 때마다 검은 그림자들이 바닥에 길게 드리워졌다. 그 그림자들을 밟으며 신유는 앞으로 빠르게 달려 나갔다. 그 모습은 가야 할 곳이 어디인지 분명히 알고 있는 사람의 발걸음이었다.
 지금 달려가는 저 아이가 내가 아는 그 신유가 맞는 걸까?
 내가 아는 신유는 그림 그리는 것 말고는 어떤 일에도 자신이 없는 아이였다. 혼자서는 학교 운동장에도 나가 놀지 않는 아이가 바로 신유였다. 그런데 그 신유가 이렇게 늦은 밤에 어두운 골목을 혼자 달려가다니! 무엇이 신유를 저렇게 달라지게 만들었을까?

이제 신유는 골목을 빠져나가 언덕을 달려 올라갔다. 언덕 끝에서 신유는 멈춰 섰다. 언덕 아래를 내려다보며 두 팔을 넓게 벌렸다.

"아아아—!"

신유는 있는 힘껏 제 목소리를 내며 언덕 아래 내리막길로 달려 내려갔다. 신유의 등 뒤에 매달려 있는 책가방이 좌우로 세차게 흔들렸다.

신유에게 저런 모습이 있었다니!

내가 알지 못하는 신유의 모습은 내겐 너무 낯설었다. 너무 낯설어서 똑바로 마주 보기 버거울 정도였다. 쫓아가는 것을 포기하고 그대로 등을 돌려 집으로 돌아가고만 싶었다.

그러나 신유의 모습은 보이지 않았고, 저 언덕 너머에서 무슨 일이 벌어지고 있는지도 알 수 없었다. 신유만 혼자 이 어두운 곳에 두고 갈 수는 없었다.

나는 언덕을 걸어 올라갔다. 언덕 위에서 아래로 길게 내리막길이 이어져 있고, 길 양쪽으로 낡은 집들이 다닥다닥 붙어 있었다. 불 꺼진 집들은 생명이 빠져나간 사람의 몸처럼 스산했다. 오싹, 소름이 돋았다. 나는 담에 바짝 몸을 붙였다. 가로등 불빛이 희미하게나마 길을 비춰 주었다. 내리막길을 따라 길게 늘어서 있는 집들의 담벼락마다 그림이 그려져 있었다. 노란색 크레파스로 마음 내키는 대로 아무렇게나 그린 길들이 가로등 불빛을 향해 고개를 내밀었다.

여기 살던 아이들의 짓인가?

나는 고개를 갸웃거리면서도 담벼락에 그려진 길들에서 눈을 떼지 못했다. 길들은 마치 살아 있는 듯했다. 둥글게 휘어졌다가 곧장 밑으로 내리뻗었다가 위로 솟아올랐다가 좁아졌다가 넓어졌다가 어느 한 지점에서는 사방으로 갈라져 있기도 했다.

담벼락에 그려진 수많은 길들이 내게는 마치 화살표처럼 보였다. 길 하나하나가 미지의 세계로 통하는 길을 알려 주는 화살표 같았다. 화살표를 따라 달려가다 보면 어딘가 내가 모르는 세계에 가 닿을 것만 같았다. 나는 가만히 손을 들어 미지의 세계로 통하는 화살표 하나를 손끝으로 매만졌다. 어린 시절, 영어 사전을 펼칠 때마다 느끼곤 했던 설렘이 전해져 왔다.

처음 영어 사전을 갖게 된 날, 나는 태어나 처음으로 내가 신대륙으로 떠나는 모험의 주인공이 된 것만 같았다. 영어 사전을 갖자마자 나는 침대로 뛰어갔다. 침대 머리맡에 늘 놓아두고 들여다보던 영어책을 펼쳤다.

"Some animals lay eggs which hatch into babies that

look like their parents."

새끼 고양이 세 마리가 옹기종기 모여 앉아 있는 사진과 새끼 거북이 이제 막 알을 깨고 나오는 사진 아래 인쇄되어 있는 영어 문장을 소리 내어 읽었다. 무슨 뜻인지 몰라 늘 궁금했던 'hatch'라는 단어를 영어 사전에서 찾아보았다. 영어 사전을 찾는 일은 생각보다 어려웠다. A에서 H까지의 알파벳을 순서대로 중얼거리며 한 장 한 장 사전의 책장을 넘겨야 했다. 마침내 수많은 단어 속에서 'hatch'라는 단어를 찾아냈을 때의 기쁨이란!

"어떤 동물들은 알을 낳는데, 알에서 나온 새끼는 그들의 부모와 똑같이 생겼어요!"

나는 내가 모르던 단어의 뜻을 나 스스로 찾아냈고, 비로소 완전한 문장을 만들어 낼 수 있었다. 아마도 그날부터였으리라. 그날부터 내게 영어 사전은 나를 미지의 세계로 안내해 주는 화살표가 되었다. 나는 기꺼이 그 화살표를 따라 달려갔고 오즈의 마법사와 해리 포터가 살고 있는 환상의 세계를 내 것으로 만들었다. 80일간 미스터 포그와 함께 세계 여행을 떠나기도 했다. 영어 사전을 펼치는 순간, 그 순간만큼은 누구의 도움도 필요치 않았고, 나는 내가 감행할 모험의 주인공이 될 수 있었다.

그런데 지금 난, 무얼 하고 있는 걸까?

나를 미지의 세계로 데려다 주던 그 화살표는 아직도 내 책상 위에, 언제나처럼 놓여 있다. 화살표는 그대로다. 다만……내가 잊고 있었을 뿐이다. 그 화살표가 내게 알려 주던 그 길을 따라 걷다 보면 마침내 다다르게 될 목적지를.

어쩌다 잊어버리고 말았을까?

나는 담벼락에 그려진 길 하나를 손끝으로 매만지며 앞으로 걸어갔다. 길은 돼지 꼬리처럼 빙빙 말려 있기도 했고, 물 흐르듯이 흐르기도 했다. 누군가 장난치듯 담벼락에 노란색 크레파스로 그려 놓은 이 길이 어디에 닿을지, 어디에서 끝날지 알 수 없지만 나는 길을 따라 걸었다. 내리막길을 따라 걸어 내려가기 시작했는데, 저쪽, 내리막길이 끝나는 곳에서 사람의 말소리가 들려왔다.

"그런데 이건 무슨 길이야? 어디로 이어지는 길인데?"

"길이 뭐 꼭 어디로 이어져야 되나?"

나는 우뚝 멈춰 섰다. 내가 잘 알고 있는 목소리였다. 얼굴을 보지 않아도 신유와 새 둥지라는 걸 알 수 있었다. 내리막길이 끝나는 곳에서 손전등 불빛이 담벼락을 날아다녔다. 신유가 담벼락에 그려진 길을 따라 손전등을 이리저리 움직여 대고 있었다.

"그런데 왜 길만 그리는 거야?"

"신유 넌 궁금한 게 왜 그렇게 많으냐? 그냥 그리고 싶으니까 그리는 거지. 난 길을 보면 흥분이 돼. 막 달려가고 싶어. 막 달리다 보면…… 아니다, 말해서 뭐하냐."

"막 달리다 보면…… 혹시 그 길들 어디에서 엄마를 만날 수 있지 않을까, 그런 건 아니고?"

"그만, 거기까지!"

"치. 왜 화는 내고 그래? 지금도 손에 노란색 크레파스를 꼭 쥐고 있으면서. 그 노란색 크레파스, 너네 엄마가 너 버리고 가던 날, 네 손에 쥐여 주고 떠났다는 바로 그 색깔이잖아. 실은 만나고 싶은 거지?"

멀리서 나직하게 신유의 목소리가 들려왔다. 바람처럼 가볍게, 그러나 언제까지고 떠나지 않고 어깨를 감싸 안아 줄 것 같은 부드러운 목소리가.

"이 기집애가 정말! 뭐든 다 안다는 듯이 좀 말하지 마! 그럼 넌 왜 만날 날개만 그리는데? 엄마 잔소리고 대학이고 다 때려치우고 훨훨 날아가고 싶은 거 아냐?"

"후후. 그럴 수도 있지, 뭐!"

이제 신유는 들고 있던 손전등을 새 둥지에게 넘겨주고 담벼락에 그림을 그리기 시작했다. 뭘 그리고 있을지, 보지 않아도 알 수 있었다. 신유는 날개를 그리고 있으리라. 내가 한 번도 본 적 없는 날개, 나한테는 보여 준 적 없는 날개를.

그 날개를 새 둥지는 보고 있는 것이다!

"이 영감 진짜 한심하다, 한심해. 뭐 돈만 갖다 주면 여자가 마음을 준대? 여자는 이렇게 다루는 게 아니지. 여자 마음 붙잡는 게 뭐 어렵다고…… 쳇!"

폴리스맨을 향해 혀를 차던 새 둥지!

여자 마음 붙잡는 것쯤이야 아무 일도 아니라는 듯이 지껄여 대던 새 둥지!

그 새 둥지가 지금 나의 신유를, 신유의 날개를 보고 있는 것이다.

왜? 어째서 신유 넌 저런 녀석한테 너의 날개를 보여 주고 있는 거야?

그래, 나는 새 둥지, 너란 녀석의 말처럼 여자를 사귀는 데는 완전 초짜다. 나도 네가 비웃고 혀를 차던 그 영감탱이와 조금도 다르지 않은 한심한 인간이란 말이다!

그래도…… 그래도 너 같은 녀석한테만은 절대로 신유를 뺏길 수 없어!

나는 내리막길을 달려 내려갔다. 신유를 어둠 속으로 끌고와 내가 전혀 알지 못하는 낯선 아이로 바꿔 버린 녀석을 향해 돌진했다. 그러나 나보다 먼저 몇 대의 오토바이들이 내 옆을 스쳐 달려갔다.

부릉— 부릉—!

언덕을 달려 내려간 오토바이들은 내가 미처 따라잡기도

전에 신유와 새 둥지를 둥글게 에워쌌다.

여러 대의 오토바이는 신유와 새 둥지를 둘러싼 채 점차 원을 좁혀 들어갔다. 새 둥지가 제 등으로 신유를 가리며 앞으로 나섰다.
"그만! 그만두란 말이야!"
원 안쪽에서 새 둥지가 소리쳤다. 새 둥지는 소리치면서도 제 등으로 신유의 얼굴을 가리고 있었다. 무슨 일이 생겨도 신유의 얼굴만큼은 놈들에게 알려 주지 않겠다는 듯이.
그러자 여기저기서 웃음소리가 터져 나왔다. 몇몇은 휘파람을 불고, 몇몇은 야유를 퍼부었다.
"꼴에 너도 남자라는 거냐?"
"도망만 다니는 놈이 기사 흉내냐?"
오토바이를 타고 와서 신유와 새 둥지를 둘러싼 폭주족들은 내 또래의 아이들이었다. 나는 내 눈으로 보면서도 나와 같은 또래의 아이들이 이 밤에 오토바이를 타고 몰려다닌다는 사실을, 여럿이서 누군가를 에워싸고 괴롭힐 수 있다는 사실을 믿을 수 없었다.
새 둥지, 너란 녀석은 대체! 대체 어떤 삶을 살아온 거냐?

네가 어떻게 살아왔든 그건 내 알 바 아니야. 그렇지만 어째서? 어째서 너의 그 엉망진창인 삶에 나의 신유를 끌어들이는 거냐고!

나는 새 둥지를 원망했다. 당장이라도 달려 나가 새 둥지 녀석을 죽도록 패 주고 싶었다. 그러나 신유를 에워싼 오토바이들을 제치고 신유를 구할 엄두는 나지 않았다.

그러니까 나란 녀석은 겨우 이 정도였던 거냐?

내가 어둠 속에 숨어 발만 구르고 있는 사이에도 오토바이에 탄 폭주족 녀석들은 야유를 퍼부으며 신유와 새 둥지를 향해 점점 더 가까이 다가가고 있었다. 녀석들이 원을 좁혀 오자 새 둥지는 뒤로 팔을 뻗어 신유를 꽉 붙들었다. 신유의 팔을 꽉 잡은 채 자신을 향해 다가오는 오토바이를 향해 돌진했다.

새 둥지 앞에 있던 오토바이가 기우뚱, 쓰러지는 그 잠깐 사이에 신유와 새 둥지를 둘러싸고 있던 원이 흐트러졌다. 새 둥지가 있는 힘껏 신유의 등을 밀었다. 신유가 원 밖으로 튀어나왔다.

"뛰어!"

원 안에서 새 둥지가 소리쳤다. 신유는 울기만 했다. 오토바이가 쓰러지며 함께 넘어졌던 폭주족 녀석이 일어서고 있었다.

"제발! 제발 뛰란 말이야!"

새 둥지의 외침이 어두운 밤을 가르며 내게로 날아왔다.

어느새 나는 신유를 향해 달려가고 있었다. 넘어졌던 폭주족 녀석이 다시 오토바이의 핸들을 잡았다.

"제발! 신유야, 제발!"

내 목소리가 들리자 신유는 그제야 정신을 차린 듯 나를 향해 돌아섰다. 나는 어둠 속의 한 점을 향해 달려가 신유의 손을 잡았다.

부릉- 부릉-!

여러 대의 오토바이들이 새 둥지를 겹겹이 에워싼 채 빙글빙글 원을 그리기 시작했다. 나는 신유의 손을 잡고 뛰었다. 등 뒤에서 들려오던 오토바이 소리가 멀어져 갔다.

"제발…… 제발 놔 달란 말이야!"

신유가 날 마구 때렸다. 울면서 제발 손을 놔 달라고 소리쳤다.

나는 신유의 손을 놓지 않았다. 금이 가기 시작한 담벼락에 의지해 간신히 서 있는 빈집에 신유를 밀어 넣고 신유를 꽉 끌어안았다.

"놔! 놓으란 말이야!"

신유가 두 손으로 내 가슴을 쳤다. 발로 내 정강이를 걷어찼다.

"승준이가 맞고 있단 말이야! 제발!"

신유가 울었다. 새 둥지 같은 놈 때문에 나의 신유가 울고 있었다. 신유를 붙잡고 있던 팔에서 힘이 빠져나갔다.

"놔주면? 놔주면 또 저 녀석한테 달려갈 거잖아?"

내 말에 신유는 울기만 했다. 신유는 내 앞에서는 늘 울기만 했다. 그래도…… 그래도 다른 녀석 때문에 내 앞에서 우는 신유는 처음이었다. 그래도…… 그렇다 해도 신유가 우는 건 싫었다.

"하나만 약속하면."

신유가 눈물이 가득한 눈으로 나를 올려다봤다.

"넌 무조건 뛰는 거야. 무조건 집으로 가는 거야. 약속할 수 있어?"

나는 신유의 어깨를 붙잡고 신유의 눈을 똑바로 들여다봤다. 이렇게 가까이에서 신유의 눈을 들여다보는 것은 처음이었다. 머릿속으로 수천, 아니 수만 번 그려 보던 순간, 내가 이렇게 가까이에서 신유의 눈을 들여다보는 순간은…… 내가 신유에게 사랑을 고백하는 순간이어야 했다.

그러나 내가 머릿속으로 그려 보던 그 순간은 신유의 울음 소리에 지워졌다. 신유는 울며 고개를 끄덕거렸다.

나는 신유의 등을 떠밀었다.

"무조건 달려!"

나는 곧장 새 둥지를 향해 등을 돌렸다. 새 둥지를 에워싼 오토바이에 가려 새 둥지의 모습은 보이지 않았다. 다만, 퍽 퍽, 하고 둔탁한 소리만이 들려오고 있었다.

어쩌지? 뭘 해야 되는 거야?

나는 발을 동동 굴렀다. 그때 머릿속에서 반짝, 하고 전구가 켜졌다. 나는 주머니에 손을 넣었다. 딱딱한 것이 만져졌다. 전해 주지 못하고 갖고 있던 폴리스맨의 호루라기였다.

나는 폴리스맨의 호루라기를 입술에 댔다.

호루루루— 호루루—!

"경찰이닷!"

폴리스맨의 호루라기 소리가 어둠을 찢고 앞으로 나아갔다. 여기저기서 웅성거리는 소리가 들려오기 시작했다. 빨간 모자를 쓴 녀석이 위로 번쩍, 팔 하나를 치켜들었다. 새 둥지를 에워싸고 있던 오토바이들이 일제히 멈춰 섰다. 붉은 모자가 빠르게 앞으로 달려 나갔다. 그 뒤를 여러 대의 오토바이들이 뒤따라갔다.

호루루루— 호루루—!

나는 계속 폴리스맨의 호루라기를 불었다. 숨이 차서 더 이상 불 수 없을 때까지 호루라기를 불며 달렸다. 저 멀리 폭주족 녀석들의 오토바이가 작은 점으로 사라져 가고 있었다.

폭주족 녀석들이 사라진 자리에 새 둥지가 누워 있었다. 녀석은 싸울 생각도 하지 않았다. 무작정 맞기만 했다. 그러고는 온몸을 새우처럼 둥글게 말고 길바닥에 뻗어 있었다. 그 모습은 너무…… 너무 처참해서 걷어차 주고 싶을 정도였다.

"야! 이승준, 너 진짜!"

나는 새 둥지의 어깨를 붙잡고 흔들었다. 녀석은 꼼짝도 하지 않았다. 눈도 뜨지 못했다. 녀석의 눈두덩은 내려앉았고, 찢어진 입술에서는 피가 흘렀다.

"이런, 젠장!"

나는 새 둥지를 들쳐 업었다. 등 뒤에서 새 둥지의 신음 소리가 들려왔다.

"뭐라고?"

뒤를 돌아보자, 새 둥지가 축 늘어진 팔로 땅바닥을 가리켰다. 녀석이 잘 움직여지지도 않는 팔로 힘겹게 가리키고 있는 곳에 노란색 크레파스들이 있었다. 폭주족들의 오토바이 바퀴에 완전히 짓이겨져 있었다. 땅바닥에 짓이겨져 있는 노란색 크레파스가 내 눈에는 마치 새 둥지 녀석이 흘린 핏방울처럼 보였다.

"저…… 저거……."

새 둥지는 등에 업혀서도 자꾸만 노란색 크레파스들을 주워 달라고 했다.

"너란 인간은 대체!"

나는 할 수 없이 새 둥지를 등에 업은 채 노란색 크레파스들을 줍기 시작했다. 대부분 부러지고 짓이겨져 성한 것이라곤 없었다. 그런데도 새 둥지는 내가 부러진 노란색 크레파스 몇 개를 손에 쥐어 주자 그것들을 꽉 움켜쥐는 것이었다.

대체 너란 녀석은!

이 상황에서 지금 크레파스 따위가 문제야?

나라면…… 나였다면…… 이런 순간에 과연 뭘 움켜쥐려 했을까?

나는 녀석을 업고 사방을 휘둘러봤다. 언젠가 폴리스맨의 뒤를 쫓다 넘었던 그 언덕이 바로 눈앞에 버티고 있었다. 언덕을 넘으면 큰 대로가 있고, 고급 빌라가 들어서 있는, 내가 잘 알고 있는 우리 동네가 있다. 그러나 내가 지금 새 둥지를 업고 서 있는 이곳은 언덕 저편과는 완전히 다른 세계다.

우우우—.

어디선가 바람이 불고, 사람이 살지 않는 집들의 문이 덜컹거리는 소리가 들려오고 있었다.

나는 새 둥지를 등에 업고 서서 언덕을 올려다봤다.

저 언덕을 넘어 내가 사는 곳으로 돌아가야 할까?

나는 아까 지나온 길가에 길게 늘어선 낡은 집들을 뒤돌아봤다.

저 낡은 집들 어디에 이 녀석을 부려 놓아야 하는 걸까?

내가 어디로 가야 할지 몰라 망설이는데, 새 둥지가 손으로 어둠의 한 점을 가리켰다.

"집이 저쪽이야?"

새 둥지는 아무 말도 안 했다. 그저 한 번 더 방금 가리킨 쪽을 손으로 가리키더니 내 등에 머리를 기대어 버렸다.

나는 새 둥지를 업고 그쪽으로 걸어갔다. 얼마 가지 않아 감나무집이 보였다. 폴리스맨이 그 앞에 서서 우두커니 감나무를 바라보는 것으로 대부분의 저녁 시간을 보내던 바로 그 이층집이었다.

나는 감나무가 있는 이층집을 지나 계속 아래로 걸어갔다. 불 꺼진 집들 사이에서 몇몇 집들만이 불을 밝히고 있었다. 문짝이 떨어져 나간 집, 창문이 깨진 집을 지나 아래로 걸어 내려가는데 "악!" 소리가 나며 할머니 한 분이 내 앞을 가로막았다. 흰 수건으로 머리를 동여맨 청소부 할머니였다. 새 둥지랑 처음 백발 공원에 갔던 날 봤던 바로 그 청소부 할머니였다. 그래서 그날 그렇게 새 둥지가 내 가슴 속으로 파고든 거였다. 제 할머니한테 얼굴을 들키지 않으려고.

"승준이, 너 또 오토바이 탄 겨? 그런 겨?"

청소부 할머니는 내 등에 업혀 있는 새 둥지를 보자마자 울음을 터트렸다.

🚶

"이승준은 안 왔어? 왜 너 혼자야?"

담임이 나를 불러 세웠다. 나는 영어 선생의 책상을 걸레로 닦고 교무실을 빠져나가려다 말고 뒤를 돌아봤다.

"그게……"

"이승준 이거 안 되겠는데. 이런 약속 하나 못 지키는 놈이 대학은 무슨!"

담임이 끌끌, 혀를 찼다.

"이러니 이 학교 이미지가 이렇죠, 뭐. 어휴, 선생님을 존경하는 애가 있나, 스카이에 도전해 보겠다고 이 악물고 공부하는 애가 있나…… 이래서 꼴통들은 안 된다니까."

영어 선생이 입을 삐죽거렸다. 그러면서 덧붙이는 말이 이거였다.

"윤현상, 너! 며칠 안 남은 거 알고 있지? 전직 경찰인가 뭔가 하는 그 할아버지, 안 나오면 네가 책임진다며? 하긴 뭐 꼴통들이 책임이란 말이 무슨 뜻인지나 알겠어?"

나는…… 할 말이 없었다. 할 수 있는 일이라고는 걸레를 꽉 쥔 채 교무실을 빠져나오는 것뿐이었다.

점심시간이 지나고 담임이 종례를 마칠 때까지도 새 둥지는 학교에 나오지 않았다. 형광등 불빛 아래 드러났던 새 둥지의 얼굴이 떠올랐다. 새 둥지의 입술에 말라붙어 있던 피딱지를 닦아 내며 눈물을 흘리던 청소부 할머니의 얼굴도 떠올랐다. 방문 안쪽에서 들려오던 폴리스맨의 한숨 소리도 떠올랐다. 정신을 잃어 가면서도 노란색 크레파스를 움켜쥐던 새 둥지를 보며, 나라면 이런 순간에 과연 무엇을 움켜쥐려 했을까, 생각하던 내 모습도 떠올랐다.

결국 영어 선생의 말처럼 우리 모두 '꼴통들'이다. 아니, 이대로 아무것도 하지 않는다면 내가, 바로 내가 우리 모두를 책임이란 말이 무슨 뜻인지도 모르는 '꼴통들'로 만들어 버리는 거다.

나는 서둘러 학교 운동장으로 달려갔다. 오전에 미처 못한 운동장 청소를 끝냈다. 영어 선생이 교무실 창가에 서서 나를 내려다보고 있었다.

'내 발로 걸어 나가는 한이 있더라도 절대로 쫓겨나지는 않을 거야!'

나는 영어 선생을 향해 무슨 깃발이나 되는 듯이 집게를 흔들어 보였다. 유리창 너머에서 분명히 "어머머!"를 연발하고 있을 영어 선생을 뒤로하고 교문을 빠져나갔다.

　나는 자전거를 타고 H예고 앞 대로를 지나 언덕을 달려 올라갔다. 숨이 차올랐다. 페달을 밟는 발에서 힘이 빠져나갔다. 그래, 내가 지금 언덕을 오르고 있구나, 하는 느낌이 강하게 들었다. 몇 번인가 더 이상은 무리다, 하는 생각이 드는 순간이 있었다. 그때마다 나는 내 앞의 언덕을 올려다봤다. 그때마다 저 언덕 너머에 있을, 다들 혀를 차는 '꼴통들'의 얼굴을 떠올렸다. 나는 다시 페달을 밟은 발에 힘을 주었다.

　마침내 가쁜 숨을 몰아쉬며 언덕 위에 올라서자 내리막길이 펼쳐졌다. 눈앞에 펼쳐져 있는 내리막길이 내게 "한번 달려 봐, 달려 보라고!"라고 말을 거는 듯했다. 지난밤, 이 곳에 서서 아아아— 하고 있는 힘껏 소리치며 어둠을 향해 온 몸을 던졌던 신유의 마음을 조금은 이해할 것 같았다.

　나는 언덕 위에 서서 두 팔을 넓게 벌렸다.

　"아아아—!"

　나는 달려 내려갔다. 낡고 허물어져 가는 집들이 내 뒤로 밀려났다. 매일 저녁 폴리스맨이 그 앞에 서서 감나무를 올려다보던 집도 내 뒤로 밀려났다. 청소부 할머니의 손에 이끌려 들어가 새 둥지를 내려놨던, 대문이 없는 집도 내 뒤로 밀려났다.

　허물어지고 낡은 집들이 밀려난 자리에, 하늘 끝까지 이어져 있을 것만 같은 가파른 계단이 나타났다.

나는 계단을 올려다봤다. 나는 흡 — 숨을 들이마시고는 계단을 오르기 시작했다. 한 계단 한 계단 올라갈 때마다 숨이 찼다. 나는 자주 멈춰 섰고, 자주 계단 끝을 올려다봤다. 아직은 올라온 계단보다 밟고 올라가야 할 계단이 더 많이 남아 있었다.

나는 숨을 고르고 다시 계단을 올라가기 시작했다. 계단 저 위로 바람에 나부끼는 태극기가 보였다. 혼자 우뚝 서서 계단 밑 세상을 내려다보고 있는 태극기가 내 눈에는 마치 폴리스맨, 그 자신인 것처럼 느껴졌다.

어쩌면 폴리스맨도 지금쯤은 자리를 박차고 일어나 다시 제복을 차려입고 있지 않을까, 하는 생각이 들었다.

"도장 한 번만 찍으면 되는데 대체 왜 그러시는 거예요?"

서둘러 마지막 계단을 밟고 올라가는데, 대문 안쪽에서 거친 음성이 들려왔다. 뒤이어 쾅, 하는 소리와 함께 대문이 열렸다. 양복을 입은 사내가 밖으로 나왔다. 사내 뒤로 폴리스맨이 끌려 나오고 있었다. 폴리스맨은 셔츠의 단추도 제대로 채우지 못하고 있었다.

"안 간다! 못 가!"

폴리스맨은 사내에게 끌려 나오지 않으려고 한 손으로 대문을 붙잡았다.

"정말 이러실 거예요? 왜 이렇게 고집을 부려요?"

폴리스맨이 대문을 붙들고 버티자 양복 입은 사내가 폴리스맨의 멱살을 잡았다. 폴리스맨은 멱살을 잡힌 채 양복 입은 사내를 노려보기만 했다. 내가 아는 폴리스맨이라면 놈의 면상에 벌써 주먹을 날렸어야만 했다.

"뭐야? 당신 대체 누구야?"

폴리스맨이 날려야 했을 주먹을 내가 대신 날렸다. 양복 입은 사내의 얼굴이 옆으로 돌아갔다.

"당신 누구야? 누군데 남의 집에 와서 행패야?"

"행패? 너, 이놈! 감히 어른한테 주먹질을 해?"

양복 입은 사내가 내 멱살을 잡았다. 너 같은 놈은 콩밥을 먹어야 한다면서 내 멱살을 잡고 계단 쪽으로 끌고 갔다.

"그만두지 못해!"

폴리스맨이 양복 입은 사내의 따귀를 때렸다. 양복 입은 사내의 뺨에 빨갛게 손자국이 났다. 양복 입은 사내가 폴리스맨을 노려봤다.

"이놈! 당장 그만두라니까!"

폴리스맨의 눈 위에 난 칼자국이 빨갛게 달아올랐다. 내 멱살을 잡은 사내의 손에서 슬며시 힘이 빠져나갔다.

"반드시 도장 찍게 만들 겁니다. 그런 줄 아시라고요!"

양복 입은 사내는 계단을 내려가면서도 으름장을 놓았다.

양복 입은 사내가 사라지자마자 폴리스맨이 바닥에 털썩, 주저앉았다. 주저앉아 한숨을 내쉬었다. 천천히 고개를 돌려 태극기를 올려다봤다. 태극기는 저 혼자 바람에 나부끼고 있었다.

폴리스맨은 무슨 생각에서인지 태극기를 향해 걸음을 옮겼다. 태극기를 쳐다보다가 결심한 듯 태극기를 뽑아 들었다.

"아들 하나 있는 것도 제대로 못 키운 놈이 무슨 큰일을 하겠다고……."

폴리스맨은 혼잣말하듯 말을 내뱉고는 태극기를 깃대에 둘둘 감기 시작했다. 그러고는 어깨를 축 늘어뜨린 채 태극기가 꽂혀 있던 자리를 바라봤다. 방금 전까지만 해도 그 자리에 혼자 우뚝 서서 나를, 이 세상을 내려다보며 호령하던 그 무언가가 완전히 사라져 버리고 없었다.

폴리스맨은 나를 훑깃 쳐다보고는 곧장 등을 돌렸다. 그러고는 각이 맞지 않아 제대로 잘 닫히지도 않는 대문을 열고 금방이라도 무너질 것 같은 집으로 들어갔다. 그 뒷모습이 영락없는 실패자였다.

실패자.

패배자.

그래, 저 뒷모습은 바로 내 뒷모습이다. 목표로 하던 외고 시험에 떨어지고 내 인생은 실패야, 혼잣말이나 중얼거리며 자꾸 달아나려고만 하던 내 모습이다.

맞아서 붓고 피가 나면서도, 진짜로 싸워 보는 게 무서워 괜찮다며 히죽거리던 새 둥지의 모습이다.

내 눈으로, 정면에서 똑바로 바라본 우리들의 뒷모습이란 게 정말 저런 거란 말이지?

나는 폴리스맨의 구부정한 등을, 축 늘어진 어깨를 노려봤다. 우리들의 뒷모습을 향해 소리쳤다.

"그래서? 실패자니까, 그러니까 계속 그렇게 도망만 가겠다는 거예요?"

폴리스맨이 걸음을 멈췄다. 태극기를 감아쥔 채 나를 돌아봤다.

제8장
심야의 구출 작전

나는 폴리스맨이 감아쥐고 있는 태극기를 내려다봤다. 축 늘어져 한쪽 끝이 땅바닥에 끌리는 태극기는 더 이상 깃발이 아니었다. 내가 생각하는 깃발은 하늘을 향해 날개를 퍼덕여야 한다. 그 날개를 지금 폴리스맨이 꺾어 버린 것이다.

"도망칠 거면 그 태극기는 놔두고 가라고요!"

나는 폴리스맨이 감아쥐고 있는 태극기를 낚아챘다. 태극기를 들고 서서 폴리스맨을 향해 턱을 곧추세웠다.

자, 무슨 말이든 더 해 보라고. 도망갈 핑계는 얼마든지 있잖아?

폴리스맨은 아무 말도 하지 않았다. 내 인생은 실패라는 말도 더 이상 하지 않았다. 폴리스맨은 그저 내가 들고 있는 태극기를 한번 흘깃 내려다보고는 다시 등을 돌렸다.

그 뒷모습을 보자, 몸이 떨려 오기 시작했다. 나는 그 떨림의 이유를 폴리스맨, 아니 이제는 늙어 빠져 아무것도 해 보려고 하지 않는 노인네의 쓸쓸한 뒷모습에 겹쳐진 패배자의 모습 때문이라고 생각했다. 그러나 떨림은 내 바지 주머니에서 전해져 오고 있었다. 진동 모드로 설정해 놓은 휴대폰이 부르르 떨어 대고 있었다.

액정 화면에 뜬 번호의 주인공은 신유였다.

"나 무서워!"

휴대폰 속에서 신유의 다급한 목소리가 터져 나왔다.

"승준이가! 승준이가!"

신유는 앞, 뒷말은 모두 자르고, 무섭다고만 했다. 울먹거리며 새 둥지의 이름만 되풀이했다.

"신유야! 지금 어디야! 너, 거기서 꼼짝 말고 기다려!"

나는 몸을 돌려 계단을 향해 뛰어갔다. 손에 쥐고 있던 태극기가 퍼덕였다. 어느새 쫓아온 폴리스맨이 나보다 먼저 계단을 뛰어 내려갔다.

신유는 지난밤 날개를 그리던 담벼락 밑에 서 있었다.

"어떡해! 승준이가! 승준이가!"

나를 보자마자 신유가 울먹거렸다.

"승준이 그 녀석, 지금 어디 있는데?"

내가 묻자, 신유는 두 손으로 얼굴을 가리고 울기 시작했다.

"승준이가…… 오토바이를 타고 갔어!"

"오토바이?"

"그래, 오토바이! 다시는…… 다시는 오토바이를 타지 않겠다고 했는데……."

"뭐라고? 이 녀석이 또!"

옆에 있던 폴리스맨이 버럭 소리를 질렀다. 그 바람에 신유가 뚝, 울음을 그쳤다. 벌떡 일어선 폴리스맨이 외쳤다.

"출동이닷!"

급히 계단을 뛰어 올라갔던 폴리스맨이 제복을 입고 돌아왔다. 잘 다려진 제복을 입고, 금테로 된 검은 선글라스를 쓰고 있는 폴리스맨은 내가 아는 바로 그 폴리스맨이었다.

폴리스맨은 집으로 올라가는 좁은 계단 밑에 세워 둔 오토바이를 타고 있었다. 폴리스맨이 소리쳤다.

"거기! 여학생! 당장 올라타랏!"

폴리스맨이 오토바이 뒷좌석을 탕탕, 두드렸다. 폴리스맨의 엄청난 박력에 신유는 잔뜩 기가 죽었다.

"예?"

"불만 있낫?"

"그건 아니지만 제가 가면 승준이는……."

"이봐, 여학생! 이거 보이나?"

폴리스맨이 선글라스를 벗어 들고 신유에게 얼굴을 들이밀었다. 이마에서 왼쪽 눈 위로 길게 칼자국이 나 있었다. 폴리스맨이 잔뜩 겁을 집어먹은 신유를 향해 칼자국을 가리키며 말했다.

"이거 칼자국이얏! 이 칼자국이 뭐냐 하면 말이지, 내가 이 동네 순찰 돌다 칼 들고 부부 싸움하는 주정뱅이 말리다가 얻은 상처란 말이닷! 무슨 뜻인지 알아듣겠나?"

"예? 그게 무슨……."

신유가 뒤로 멀찍이 물러섰다.

"무슨 소리는 무슨 소리! 그만큼 내가 이 지역은 잘 안다는 거지! 그러니까 여기는 우리한테 맡기고 여학생은 당장 집으로 돌아가란 말이닷! 집에 데려다 줄 테니 당장 타랏!"

"예? 예!"

신유가 폴리스맨의 오토바이 뒷자리에 올라탔다.

"출동이닷!"

폴리스맨이 오토바이의 핸들을 움켜잡았다. 오토바이가 앞으로 튀어 나갔다. 신유가 악, 소리를 내며 폴리스맨의 허리를 끌어안았다.

폴리스맨이 소리쳤다.

"거기! 너! 당장 안 따라오고 뭐 하낫!"

지금 나한테 뛰라는 겁니까? 달려서 오토바이를 따라잡으라는 거냐고요?

투덜대고 싶었지만, 할 수 없었다. 나는 달리기 시작했다. 손에 태극기를 들고서. 신유를 뒷자리에 태운 폴리스맨은 벌써 언덕 위로 올라가 있었다. 나는 있는 힘껏 달렸다. 앞으로 나아갈 때마다 손에 든 태극기가 힘차게 펄럭였다.

"아니, 재개발 추진 위원장 아버지도 동의를 안 하는데 재개발이 되겠어요?"

감나무가 있는 이층집 앞을 지나는데 성난 여자의 목소리가 들려왔다. 언젠가 폴리스맨에게 자꾸 찾아오면 경찰을 부르겠다고 으름장을 놓았던 여자였다.

"저, 저 사람은?"

여자와 말을 나누고 있는 사람은 폴리스맨의 집 앞에서 내 멱살을 잡았던 바로 그 사람, 폴리스맨의 아들이었다.

"걱정 마시라니까요. 저희 아버지는 제가 알아서 할 테니까 사모님은 다른 분들이나 좀 설득해 주세요. 한 분도 빠짐없이 동의서에 도장만 찍게 해 주시라고요."

"그거야 뭐 말은 해 본다지만, 위원장님 아버지 때문에 내가 아주 미치겠다니까! 왜 만날 여기 와서 남의 집은 쳐다보는 거야? 아직도 이 집을 자기 집으로 아는 거 아녜요? 아무리 마누라가 생전에 끔찍이 아꼈던 감나무가 있다고 해도 그렇지. 아유! 아버지 좀 어떻게 해 봐요!"

감나무집 주인 여자가 싫은 소리를 해 댔다. 그러자 폴리스맨의 아들이라는 작자는 한술 더 떠서 이러는 거였다.

"제가 매일 와서 감시를 할 수도 없고 차라리 감나무를 베어 버리세요."

나는 더 이상 듣고 싶지도 않았다. 차라리 귀를 막는 편이 나을 듯했다. 나는 있는 힘껏 내달리기 시작했다.

"동작 봐랏!"

언덕 위에 올라서자마자 폴리스맨의 고함 소리가 들려왔다. 벌써 신유를 집에 데려다 주고 왔다고 했다. 폴리스맨이 탕탕, 뒷자리를 두드렸다. 나는 들고 있던 태극기를 허리 뒤춤에 꽂아 넣었다. 얼른 오토바이 뒷자리에 올라탔다.

뿌와왕—!

폴리스맨의 오토바이가 앞으로 달려 나갔다.

"계획이 있기는 있는 거예요?"

"뭐라고? 안 들린닷!"

"어디로 가서 뭘 어떻게 할 건지, 무슨 계획이라도 있느냐고요?"

"계획? 경찰은 무조건 행동하고 보는 거닷! 일단 달리는 거닷!"

폴리스맨의 계획은 일단 무조건 달리고 보는 거였다. 그것도 엄청난 속도로.

뿌왕— 뿌와앙— !

폴리스맨은 이제 거의 이성을 잃은 듯했다. 재개발 구역을 벗어나자마자 미친 속도로 대로를 달렸다. 여기저기서 차들이 경적을 울려 댔다.

영감탱이! 당신 실은 달리고 싶어서 경찰이 된 거 아냐? 하고 묻고 싶었지만 물을 새도 없었다. 어느새 나를 태운 폴리스맨의 오토바이는 도로를 벗어나 한강 변에 접어들었다.

"봐랏! 달리면 나오게 되어 있다니까!"

과연 폴리스맨의 말대로 폭주족들의 오토바이가 나타났다. 오토바이 다섯 대가 가로로 늘어서서 달리고 있었다. 그 앞에 두 대의 오토바이가 달려가고 있었다.

위로 삐죽삐죽 솟은 머리! 새 둥지였다.

"서랏! 안 서면 헬멧 미착용으로 체포한닷!"

폴리스맨이 엄청나게 큰 소리로 외쳤다. 앞을 가로막고 있던 다섯 대의 오토바이가 일제히 폴리스맨을 향해, 아니 우리가 탄 오토바이를 향해 돌아섰다. 모두 마스크를 쓰고 있었다. 마스크로 얼굴을 가린 폭주족들이 우리를 노려봤다.

당장이라도 우리를 향해 돌진해 올 것만 같았다.

후들후들, 다리가 떨리기 시작했다.

부릉부릉—!

오토바이에 탄 폭주족 녀석들이 핸들을 움켜쥐고, 허리를 굽혔다.

오 마이 갓!

나는 후들후들 떨리는 다리 하나를 땅에 내려놨다. 여차하면 오토바이에서 뛰어내릴 생각이었다. 일단은 살고 봐야 할 게 아닌가.

"돌격이닷!"

내가 미처 뛰어내리기도 전에 폴리스맨이 핸들을 움켜잡았다. 앞으로 달려 나갔다. 그러자 폭주족 녀석들도 폴리스맨을 향해 달려오기 시작했다.

"으하하하! 녀석들, 한번 해 보자는 거냐? 좋다, 와랏!"

나는 그만 눈을 감아 버렸다.

1초, 2초, 3초…….

폴리스맨의 웃음소리도, 귀청을 찢을 것처럼 요란하게 들려오던 오토바이의 굉음도 더 이상 들려오지 않았다.

이 고요…….

죽음이란 이렇게 고요한 것일까?

나는 슬며시 눈을 떴다. 아무것도 없었다. 눈앞을 가로막고 있던 다섯 대의 오토바이가 사라지고 대신 길게 뻗은 대로만이 펼쳐져 있었다.

 뭐냐? 이게 대체 어떻게 돌아가는 판이냐?

 나는 뒤를 돌아봤다. 우리를 향해 돌진해 오던 다섯 대의 오토바이들이 굉음을 내며 저 멀리 반대 방향으로 달려가고 있었다.

 그러니까 뭐냐? 이 영감탱이가, 아니 우리가 저놈들을 뚫고 나온 거냐?

 "진짜는 지금부터닷!"

 폴리스맨이 손 하나를 들어 앞을 가리켰다. 그 앞에 위로 삐죽삐죽 솟은 머리, 이승준이 한 대의 오토바이를 쫓아 달려가고 있었다.

 "이럴 때 호루라기가 있어야 되는데."

 폴리스맨이 아쉽다는 듯 투덜거렸다. 나는 얼른 호루라기를 앞으로 내밀었다. 미처 돌려주지 못해 갖고 다니던 호루라기였다.

 호루루루! 호루루!

 뒤에 있어서 폴리스맨의 얼굴을 볼 수는 없었지만 어떤 표정으로 호루라기를 불고 있는지 안 봐도 알 수 있었다.

호루루루! 호루루!

사방에 울려 퍼지는 폴리스맨의 호루라기 소리를 듣자 이상하게도 마음이 편해지는 것이었다.

"간닷!"

폴리스맨이 핸들을 움켜잡았다. 나는 폴리스맨의 허리를 꽉 붙들었다. 두 눈을 가늘게 뜨고 내 앞의 새 둥지를 바라봤다. 새 둥지는 앞서 달려가는 한 대의 오토바이를 쫓아 엄청난 속도로 달려가고 있었다. 앞서 달려가는 오토바이가 지그재그로 묘기를 부리기 시작했다. 새 둥지 역시 속도를 늦추지 않은 채 지그재그로 달려갔다.

대체 왜? 어째서 이런 위험한 짓을 하는 거야?

나는 내 두 눈으로 보면서도 믿을 수 없었다. 지금 이를 악문 채 오토바이를 몰고 달려가는 아이가 내가 아는 그 아이, 이승준이 맞는 걸까? 내가 아는 이승준은 언제나 나사가 하나 빠진 듯한 모습이었다. 맞아도 헤헤, 벌을 서면서도 헤헤, 그저 웃기만 하는 아이였다. 오토바이는커녕 자전거도 못 타던 아이였다.

그런 아이 어디에 저런 용기가 숨어 있었던 걸까?

내가 새 둥지의 전혀 다른 모습에 놀라고 있는 사이, 벌써 새 둥지는 앞서 달려가던 오토바이를 바짝 따라붙었다.

"달려, 달려! 계속 달려! 따라붙으란 말이야!"

나도 모르게 새 둥지를 향해 소리쳤다. 왜 새 둥지를 응원하는지, 어째서 새 둥지가 이겼으면 좋겠는지, 그 이유는 알 수 없었다. 그러나 어느새 나는 새 둥지를 응원하고 있었다.

"그래, 그거닷!"

폴리스맨이 엉덩이를 들썩거렸다. 순간, 폭주족 녀석의 오토바이가 기우뚱, 오른쪽으로 기울어지는가 싶더니 코너를 돌았다. 곧이어 엄청난 굉음과 함께 꽥꽥이(폭주족들이 오토바이 옆에 따로 붙인 경음기) 소리가 들려왔다.

와 — 와 —.

귀청을 찢을 듯한 꽥꽥이 소리와 함께 마스크를 쓴 녀석들이 오토바이를 타고 코너에서 튀어나왔다. 그 바람에 코너쪽 폭주족 녀석의 오토바이 옆에 바짝 붙어 달리던 새 둥지의 오토바이가 쓰러졌다.

"앗!"

내 입에서는 나도 모르게 비명이 터져 나왔다.

새 둥지의 한쪽 다리가 오토바이에 눌려 있었다. 이제까지 새 둥지와 레이스를 펼치던 녀석이 오토바이를 돌려 새 둥지 앞에 섰다. 녀석은 머리에서 목까지 길게 내려오는 빨간 모자를 쓰고 있었는데, 눈 부위에만 구멍이 뚫려 있어 얼굴은 보이지 않았다.

빨간 모자가 위로 번쩍 손 하나를 치켜들었다. 그러자 그것을 신호로 마스크를 쓴 녀석들이 오토바이에 눌려 꼼짝도 하지 못하는 새 둥지를 에워쌌다.

"놔준다고 했잖아! 내가 이기면 놔준다고 했잖아! 승부를 내자고!"

원 안에서 새 둥지의 외침이 들려왔다. 새 둥지의 외침이 길게 밤하늘을 갈랐다.

"승부? 내가? 너 같은 찌질이랑? 기집애같이 그림이나 그리겠다고 우릴 버린다고? 누가 그렇게 놔둔대? 한번 폭주족은 영원한 폭주족이닷!"

빨간 모자가 새 둥지를 향해 침을 뱉었다. 그러자 새 둥지를 에워싸고 있던 폭주족 녀석들도 침을 뱉기 시작했다. 녀석들은 침을 뱉으며 새 둥지를 향해 헤드라이트를 비추고, 꽥꽥이를 울리고, 야유를 퍼부었다. 그러다 빨간 모자가 오토바이에서 내려 새 둥지를 발길로 걸어차자 다른 녀석들도 발로 새 둥지를 걸어차기 시작했다.

"저, 저것들이! 멈춰랏!"

폴리스맨이 원을 향해 소리쳤다. 그러거나 말거나, 폭주족 녀석들은 계속해서 새 둥지를 에워싼 채 소리를 질러 댔다. 계속해서 새 둥지를 발로 걸어찼다. 그러다 폴리스맨의 오토바이가 바짝 다가가자 기다렸다는 듯이 오토바이에 올라타고는 도망쳤다.

"이승준! 너, 이 녀석!"

나는 달려가 이승준의 멱살을 잡았다. 승준이의 입에서 끙, 신음이 새어 나왔다. 발길질에 걷어차인 부위가 많이 아픈 듯했다.

"안 일어나고 뭐 하낫?"

폴리스맨이 새 둥지에게 헬멧을 내밀었다.

"네?"

나는 깜짝 놀라 폴리스맨과 새 둥지를 번갈아 바라봤다. 새 둥지가 앞니로 입술을 깨물며 일어섰다. 일어나 폴리스맨이 내민 헬멧을 받아 들었다.

"안 타고 뭐 하낫?"

폴리스맨이 나를 쳐다보며 뒷자리를 탕탕, 두드렸다. 폴리스맨의 엄청난 박력에 눌려 나도 모르게 뒷자리에 올라탔다.

"간닷!"

폴리스맨이 앞으로 달려 나갔다. 곧이어 새 둥지가 나와 폴리스맨이 탄 오토바이를 스치고 앞으로 달려 나갔다.

"으악!"

빨간 모자를 선두로 여러 대의 폭주족들이 거리를 달려가고 있었다. 폭주족들이 꽥꽥이를 울리며 엄청난 속도로 옆을 스쳐 지나갈 때마다 인도를 걷던 사람들이 비명을 질러 댔다. 사람들이 비명을 지르며 깜짝 놀랄 때마다 폭주족들은 즐거운 듯 몸을 뒤틀고 와— 함성을 질렀다.

호루루루— 호루루—.

폴리스맨이 폭주족들을 향해 소리쳤다.

"서랏! 안 서면 체포닷!"

체포? 누가 누굴 체포하겠다는 거야? 영감탱이, 당신은 현직 경찰이 아니고 전직 경찰이란 말이야, 라는 말은 차마 하지 못하고, 나는 덩달아 소리쳤다.

"서랏!"

그러거나 말거나, 새 둥지는 폭주족들의 선두에 선 빨간 모자를 쫓아 달렸다. 빨간 모자가 방향을 틀어 대로변 옆으로 나 있는 골목 안으로 들어갔다. 뒤이어 새 둥지도 골목 안으로 모습을 감췄다.

"어쭈, 그랬단 말이지?"

폴리스맨이 오토바이의 머리를 돌렸다. 새 둥지와 빨간 모자가 사라진 골목에서 한참 떨어져 있는 골목 안으로 오토바이를 몰았다.

"지금 뭐 하시는 거예요? 승준이는 저쪽으로 갔잖아요!"

"너 말이닷! 내 이마의 칼자국, 이게 뭐라고 했지? 이 동네는 내가 꽉 잡고 있단 말이닷!"

폴리스맨은 인적이 드문 골목 안으로 오토바이를 몰았다.

"영감탱이야! 시끄러워! 잠 좀 자자, 잠 좀 자!"
"저놈의 영감탱이! 누가 당신한테 순찰 돌랬어!"

골목 안으로 들어서자마자 몇몇 집에서 고함 소리가 들려왔다. 그러거나 말거나, 폴리스맨은 이러는 거였다.

"걱정 마셔욧! 이 동네는 제가 지킵니닷! 마음 놓고 푹 주무십시욧!"

그러고는 더 더 빠르게, 더 더 시끄럽게 골목 끝으로 달려가는 폴리스맨이었다.

마침내 골목 끝에 이르자 막다른 길이 나왔다. 여러 개의 골목이 이 막다른 길로 이어져 있었다.

"으하하하! 이제 놈은 독 안에 든 쥐란 말이닷!"

폴리스맨은 여봐란듯이 말하고는 여러 개의 골목을 노려봤다.

뿌와왕ㅡ!

오토바이의 굉음이 들려오기 시작했다. 과연, 폴리스맨의 말대로 빨간 모자가 오토바이를 몰고 나타났다. 우리를 본 빨간 모자가 뒤를 돌아봤다. 뒤에는 새 둥지가 있었다. 폴리스맨의 말대로 빨간 모자는 독 안에 든 쥐가 되고 말았다.

뿌와왕ㅡ!

빨간 모자가 오토바이 핸들을 움켜쥐었다. 앞을 가로막고 있는 나와 폴리스맨을 노려봤다.

놈! 대체 어쩔 셈이냐?

"와랏!"

폴리스맨이 빨간 모자를 향해 소리쳤다.

뿌와왕—!

빨간 모자가 오토바이의 핸들을 다시 움켜쥐었다.

폴리스맨도 오토바이의 핸들을 꽉 움켜쥐었다. 당장이라도 달려가 빨간 모자의 오토바이를 들이받을 듯한 자세였다.

그러나 폴리스맨이 튀어 나가기도 전에 빨간 모자가 오토바이에서 뛰어내렸다. 순간, 폴리스맨도 몸을 날려 골목으로 뛰어갔다. 빨간 모자가 튀어나온 골목이 아니라 그 앞에 있는 골목으로.

과연 빨간 모자는 새 둥지를 뒤로하고 정면에 있는 골목을 향해 빠르게 뛰었다. 그러나 폴리스맨이 좀 더 빨랐다. 폴리스맨이 빨간 모자의 멱살을 잡았다.

"헬멧 미착용 및 속도 위반으로 체포한다!"

빨간 모자는 멱살을 잡힌 채로 계속 몸을 뒤틀어 댔다. 어떻게든 빠져나가려고 안간힘을 썼다. 그러거나 말거나, 폴리스맨은 녀석의 머리에서 빨간 모자를 벗겨 냈다.

"너, 너는 상수 아니냐!"

폴리스맨의 손에 들려 있던 빨간 모자가 땅바닥으로 떨어져 내렸다.

"쳇!"

폴리스맨이 상수라고 부른 녀석이 땅바닥에 떨어진 빨간 모자를 주워 들었다. 그러고는 곧장 제 오토바이로 걸어갔다.

"재수가 없으려니까."

녀석은 혼잣말하듯 내뱉고는 오토바이의 시동을 걸었다. 그 소리에 정신이 번쩍 든 듯, 폴리스맨이 쫓아가 녀석의 오토바이 앞을 가로막았다.

"당장 내려오지 못할까!"

"쳇! 이젠 경찰도 아니면서……."

녀석은, 폴리스맨은 아랑곳없이 머리에 다시 빨간 모자를 뒤집어썼다.

"김상수! 셋을 세겠다! 하나, 둘, 셋!"

셋 소리와 함께 폴리스맨이 녀석을 오토바이에서 끌어내렸다.

녀석이 오토바이에서 끌려 내려오며 폴리스맨에게 외쳤다.

"놔! 이거 놓으란 말야! 할아버지가 무슨 상관이야!"

할아버지?

할아버지라고?

나는 깜짝 놀라 폴리스맨과 김상수란 녀석을 번갈아 쳐다봤다. 각진 얼굴, 튀어나온 광대뼈 같은 것들이 영락없이 닮아 있었다.

"무슨 상관이냐고? 이놈아! 네 할애비니까 상관이 있지!"

"쳇! 명절에 용돈 한 푼 못 주면서 할아버지는 무슨!"

김상수가 폴리스맨의 손을 뿌리쳤다. 뒤도 돌아보지 않고 자신의 오토바이로 달려갔다. 폴리스맨이 붙잡을 새도 없이 오토바이를 타고 사라져 버렸다.

폴리스맨은 김상수의 오토바이가 점점 멀어지다가 시야에서 완전히 사라질 때까지 넋 나간 듯 서 있었다. 그러다 멀리서 들려오던 오토바이 소리도 사라지자 정신이 들었는지 나와 새 둥지를 쳐다봤다.

"이승준, 너! 당장 따라왓!"

폴리스맨이 오토바이의 시동을 켰다. 새 둥지는 엉겁결에 "네."라고 대답했다. 나는 후다닥 새 둥지의 뒤로 가서 앉았다. 그사이에 벌써 폴리스맨은 앞으로 달려 나갔다. 나와 새 둥지는 무작정 폴리스맨을 쫓아 달렸다.

폴리스맨이 오토바이를 멈춰 세운 곳은 다름 아닌 새 둥지네 앞이었다.

오토바이 소리가 나자 안에서 청소부 할머니가 달려 나왔다. 폴리스맨을 본 청소부 할머니의 얼굴이 하얗게 질렸다.

"세상에, 김 경감님 아니래유? 이를 워쩐다유? 우리 승준이가 또 신세를 졌구먼유……."

청소부 할머니가 폴리스맨에게 연신 허리를 구부렸다. 이런 일이 한두 번이 아닌 듯했다.

"아닙니닷! 오늘은 제가 사과를 드리러 왔습니닷!"

폴리스맨이 다짜고짜 청소부 할머니 앞에 무릎을 꿇었다.

"세상에! 세상에! 김 경감님이 이러시면 저 죽어유. 이게 다 뭔 일이래유?"

청소부 할머니가 쩔쩔매며 나와 새 둥지를 바라봤다. 새 둥지는 여러 명의 발길질에 퉁퉁 부어오른 얼굴을 보이지 않으려고 얼른 고개를 숙였다.

"할머님! 내 손주가 할머니 손주를 두들겨 팼습니다. 괴롭혔습니다. 저라도 용서를 빌어야지요. 잘못했습니다!"

폴리스맨이 땅바닥에 머리를 조아렸다. 뒤이어 제복 상의를 벗었다.

"왜 이러셔유? 이러지 마셔유……."

새 둥지의 할머니가 말렸지만, 폴리스맨은 제복 상의를 벗어 땅바닥에 내려놓고는 어둠 속으로 사라져 버렸다.

제9장
폴리스맨, 학교로 출동하다!

영어 선생과 약속한 날이 하루 앞으로 다가왔다. 영어 선생의 말이 머릿속에서 맴돌았다.

"좋아. 대신, 그 할아버지가 안 나오면 네가 정학이야!"

나는 휴, 한숨을 내쉬었다. 어둠 속으로 비척비척 걸어가던 폴리스맨의 뒷모습이 떠올랐다. 완전히 의욕을 잃어버린 폴리스맨을 다시 학교로 오게 할 방법이 있기는 있는 걸까? 영어 선생에게 일주일만 시간을 달라고, 반드시 폴리스맨을 학교로 데려오겠다고 큰소리를 친 사람은 바로 나다. 내 말에 책임질 사람 또한 나다.

나는 과연 내 말에 책임질 수 있을까?

창밖을 내다봤다. 교실 창밖으로 텅 빈 운동장이 보였다.

"동작 봐랏!"

텅 빈 운동장에 폴리스맨의 목소리가 울려 퍼지는 것 같았다. 선글라스를 위로 들어 올리고, 내 앞에다 바짝 얼굴을 들이밀며 "고통은 정신 개조의 필수 사항이닷! 고로, 오늘은 방과 후에 특훈이닷!" 하고 외치던 그 폴리스맨은 대체 어디로 갔단 말인가?

누군가 텅 빈 운동장으로 들어섰다. 운동장 한가운데 책가방을 내려놓고 오리걸음을 하기 시작했다.

나는 창문을 향해 뛰어갔다. 창문을 열고 오리걸음을 하고 있는 아이를 내려다봤다. 위로 삐죽삐죽 솟아 있는 머리, 새 둥지였다.

"야! 이승준, 너!"

나는 운동장으로 달려 내려갔다.

"지금 뭐 하는 거야?"

"뭐 하긴 뭐 해. 오리걸음 하는 거 안 보여?"

"그러니까 이걸 왜 하고 있냐고?"

"고통은 정신 개조의 필수 사항이닷! 몰라?"

새 둥지가 입을 크게 벌리고 헤헤 웃었다.

"진짜, 못 말리는 녀석이라니까."

나는 새 둥지 옆에 쪼그려 앉았다. 새 둥지 옆에서 함께 오리걸음을 했다. 더 이상은 못하겠다, 더 이상은 무리다, 하는 생각이 들 때까지 우리는 오리걸음을 했다. 그리고 누가 먼저랄 것 없이 운동장에 머리를 박고 쓰러졌다. 내 옆에 누운 새 둥지의 숨소리가 들려왔다. 새 둥지 녀석도 옆에 누운 내 숨소리를 듣고 있었다. 그렇다고 나는 생각했다.

녀석이 가만히 하늘을 향해 손을 들어 올렸다. 녀석의 손에는 노란색 크레파스가 들려 있었다. 노란색 크레파스로 녀석이 하늘에 대고 무언가를 그리기 시작했다.

"그냥 습관이 되어 버렸어. 벽이든 하늘이든 운동장이든, 넓은 데만 보면 길을 내고 싶어져서⋯⋯."

나는 녀석이 왜 하늘에 길을 내고 싶어 하는지, 녀석이 왜 노란색 크레파스로만 그림을 그리는지, 알지 못한다. 녀석이 왜 폭주족이 되어 밤마다 오토바이를 타고 달려야 했는지도, 나는 알지 못한다. 알지 못해도 녀석은 내 옆에 누워 있고, 나는 녀석이 노란색 크레파스로 하늘에 낸 길을 올려다볼 수 있다.

그걸로 충분하잖아?

그걸로 충분하다는 생각이 들었다. 그런 생각이 들자, 말로 표현할 수 없을 정도로 신유가 보고 싶어졌다.

신유가 H예고에 다니든, H예고에 다니며 내가 알지 못하는 친구들과 나로서는 알 수 없는 이야기들을 만들어 나가고 있든…… 실은 전혀 상관없는 거잖아? 신유가 어떻게 변하든, 어떤 그림을 그리든 그 옆에서 함께 있을 수 있다면 그걸로 충분하잖아?

나는 하늘을 향해 소리쳤다.

"그래, 그런 거잖아!"

내 옆에서 새 둥지도 하늘을 향해 소리쳤다.

"그래, 그런 거야!"

"너 뭔지나 알고 하는 소리냐?"

내가 묻자 새 둥지는 참 당연한 걸 묻는다는 얼굴로 대답했다.

"몰라."

하여간 어처구니없는 녀석이라니까.

나는 어이가 없어서 웃었고, 새 둥지는 내가 웃자 따라 웃기 시작했다. 그래서 우리는 함께 웃었다.

"야! 너 그때, 우리 한편 먹었던 거 생각나냐? 정신 개조인지 뭔지 하기 싫다고 폴리스맨 쫓아내자고 했던 거."

웃다 말고 새 둥지가 나를 쳐다보며 물었다.

"당연하지."

"나, 실은 꼼수 쓴 거야. 그 인간하고 우리 할머니하고 한편 먹은 사이거든. 중 3때 상수 패거리랑 휩쓸려 다니면서 오토바이 타다가 죽을 뻔했거든. 그때 단속 나왔던 경찰이 바로 그 인간이었다니까. 그때부터 그 인간이랑 우리 할머니랑 같이 나 사람 만들겠다고 한편 먹었잖냐. 그런데 그 인간이 학교에까지 와 있으니 완전 돌아 버리겠더라니까!"

새 둥지 녀석은 그렇게 말하고는 나를 빤히 들여다봤다. 그러고는 한참 입을 다물고 있더니 뜬금없는, 나로서는 전혀 이해할 수 없는 말을 외치며 벌떡 일어섰다.

"그래! 그런 거야! 언젠가 한번은 진짜 길을 달려 봐야 하는 거라고!"

녀석은 두 주먹을 불끈 움켜쥐고는 교문을 향해 걷기 시작했다.

"야, 인마! 뭐가 그런 거라는 거야?"

새 둥지가 운동장에 내려놓은 책가방을 주워 들고, 나는 서둘러 새 둥지를 쫓아갔다.

새 둥지가 나를 데려간 곳은 M고 앞이었다. M고는 좋게 말해 싸움 잘하기로 소문난 아이들이 모여 있는 학교고, 나쁘게 말하면 도저히 어떻게 해 볼 수 없는 문제아들이 다니는 학교다.

M고 아이들이 교문 밖으로 쏟아져 나오고 있었다. 하나같

이 이마에 불량이라는 명찰을 달고 있었다. 교복 단추를 제대로 채우고 있는 아이는 한 명도 없었다. 그중에서도 가장 눈에 띄는 아이가 있었으니, 바로 김상수였다. 짧게 밀어 올린 머리 당장이라도 옷을 찢고 나올 듯이 팽팽히 부풀어 오른 앞가슴, 휘어진 코, 손등 위로 툭 불거져 나온 힘줄들. 교복만 빼면 완전 조폭이었다. 제복만 빼면 완전 조폭인 폴리스맨과 영락없이 닮아 있었다.

'오라(aura)'란 이런 것일까?

김상수와 눈이 마주치자마자 나는 얼어 버렸다. 김상수가 씨익, 입꼬리를 말아 올리며 웃었다. 곧장 우리를 향해 걸어왔다. 김상수와 한패로 보이는 녀석들도 함께 따라왔.

나는 녀석들의 수에 압도되었다. 더 정확히 말해, 다리가 후들거려 서 있기조차 힘들었다. 새 둥지 역시 떨고 있었다.

"야……."

뒤로 주춤 물러서며, 나는 새 둥지의 팔을 잡아끌었다.

"나 지금 진짜 무섭거든. 그러니까 너는 빨리 가!"

내 손을 뿌리치는 새 둥지의 손이 바르르, 떨리고 있었다.

"그럼 넌?"

"난 내가 알아서 할게. 현상이 넌, 여기 오면서 내가 말해 준 대로만 해 줘. 부탁한다!"

새 둥지가 내 등을 떠밀었다. 그러고는 김상수를 향해 곧장 앞으로 걸어 나갔다.

　김상수가 새 둥지 앞에 버티고 섰다.

　"어쭈, 겁쟁이가 웬일이냐?"

　"어제 못 끝낸 승부, 오늘 내자!"

　새 둥지가 김상수를 향해 외쳤다. 그러나 내 눈에는 새 둥지의 다리가 부르르, 떨리는 것이 보였다. 새 둥지의 말에 김상수는 이렇게 재미있는 말은 처음 들어 본다는 듯이 어깨를 뒤틀며 웃어 댔다. 김상수 뒤에 있는 녀석들도 따라 웃었다.

　"어쭈? 까부는데? 찌질이가 웬 깡? 너, 약 먹었냐?"

　"약? 그래, 먹었다! 너는 죽었다 깨도 못 먹는 약이 있거든? 그 약 한 주먹 먹었더니 깡이 막 생기는데?"

　새 둥지가 심하게 다리를 떨며 김상수를 노려봤다. 제 딴에는 한껏 허세를 부리는 척했지만, 내 눈에는 지금 새 둥지가 얼마나 심하게 겁을 집어먹고 있는지 잘 보였다.

　김상수 얼굴에서 웃음기가 사라졌다.

　"각오는 되어 있겠지?"

　김상수가 새 둥지를 향해 눈을 부릅떴다. 새 둥지가 고개를 끄덕거렸다.

　"지면 어떻게 될지는 알고 있겠지?"

　김상수가 앞서 걷기 시작했다. 새 둥지가 김상수 등에 대고 외쳤다.

"대신 내가 이기면, 너도 내가 원하는 걸 들어주는 거야!"

앞서 걷던 김상수가 휙, 몸을 돌려 새 둥지를 노려봤다. 새 둥지도 김상수를 노려봤다.

"좋아."

김상수가 뒤따라오는 패거리들에게 눈을 찡긋거렸다. 새 둥지도 김상수를 뒤따라가며 내게 눈을 찡긋해 보였다. 한쪽 눈을 찡긋거리며 목소리는 내지 않고 입 모양으로 내게 말했다. 부탁한다고.

나는 김상수를 따라가는 새 둥지의 뒷모습을 바라보다 두 주먹을 불끈 쥐었다. 골목 안에 숨겨 둔 내 자전거를 향해 뛰었다. 새 둥지 녀석이 입 모양만으로 내게 한 말, "부탁한다."는 그 말을 마음속으로 되뇌고 또 되뇌었다.

나는 빠르게 자전거를 몰았다. H예고를 지나 대로를 달려 재개발 지역으로 달려갔다.

"현상이 넌, 여기 오면서 내가 말해 준 대로만 해 줘. 부탁한다!"

달리는 내내, 새 둥지의 말이 귓속에 맴돌았다. 나는 언덕이 시작되는 곳에서 새 둥지가 말해 준 골목 안으로 들어갔다. 골목 안은 마치 미로 같았다. 다닥다닥 붙어 있는 집들 사이로 모세혈관처럼 작은 길들이 뒤엉켜 있었다.

"이런, 젠장! 뭐가 부탁한다야!"

나는 서둘러 자전거를 숨겼다. 새 둥지가 일러 준 대로 재개발 지역을 뛰어다니며 장애물이 될 만한 것들을 모았다. 빈 종이 상자며 한쪽 다리가 부러진 의자나 식탁, 담벼락에 세워져 있는 대문까지 주워 왔다.

준비는 모두 끝났다.

나는 내가 모아 온 잡동사니들을 바라보며 정신을 집중했다. 과연 새 둥지의 계획대로 김상수가 이 골목 안으로 들어올 것인가?

나는 골목 입구를 노려봤다.

1분, 2분, 3분…… 10분…… 15분!

오토바이 소리가 들려오기 시작했다. 맥박이 빠르게 뛰기 시작했다. 나는 서둘러 잡동사니들을 모아 둔 곳으로 뛰어가 몸을 숨겼다.

뿌와왕—!

오토바이 한 대가 골목 안으로 들어왔다. 뒤이어 엄청난 굉음과 함께 또 한 대의 오토바이가 골목 안으로 들어왔다. 내가 호흡을 가다듬을 새도 없이 두 대의 오토바이는 내 눈앞을 스쳐 미로처럼 엉킨 골목 안을 빠르게 달려 나갔다.

나는 주워 온 대문을 들고 뛰어 나갔다. 두 대의 오토바이가 사라져 버린 골목 앞에 대문을 가로로 길게 내려놨다. 그리고 숨겨 두었던 잡동사니들도 전부 꺼내 와 대문 앞에 쌓았다. 새 둥지와 김상수가 오토바이를 몰고 사라져 버린 골목은 내가 쌓아 놓은 잡동사니들로 막혀 버렸다.

"뿌와왕—!"

다시 오토바이 굉음이 들려왔다. 나는 후다닥 몸을 숨겼다. 몇 대의 오토바이들이 골목 안으로 들어왔다. 이마에 불량이라는 명찰을 단 폭주족 녀석들이었다.

"어디로 갔지?"

"저쪽인가?"

"이쪽 아냐?"

폭주족 녀석들은 미로처럼 엉킨 골목길들을 앞에 두고 어디로 가야 할지 몰라 두리번거렸다. 다행히 내가 담벼락에서 주워 온 대문과 잡동사니들로 바리케이드를 쌓아 놓은 골목을 눈여겨보는 녀석은 아무도 없었다.

"뿌와왕—!"

녀석들은 두리번거리다 가장 넓은 골목 안으로 오토바이를 몰고 사라졌다.

"좋았어!"

나는 서둘러 자전거를 숨겨 놓은 곳으로 갔다. 골목을 빠져나가 언덕이 시작되는 곳으로 달려갔다. 폭주족 녀석들은 나와는 반대 방향으로 달려가고 있었다. 언덕을 올라가자 내리막길이 시작되었다. 새 둥지와 김상수가 내리막길을 달려 내려가고 있었다. 김상수가 앞서 달려가고 있었다.

"새 둥지 이 녀석! 힘내란 말이야!"

나도 모르게 "제발!"이란 말을 몇 번씩이나 되뇌며 새 둥지를 뒤쫓아 달려갔다. 어느새 내리막길이 끝나고 있었다. 김상수가 뒤를 돌아봤다. 씨익, 웃으며 새 둥지를 향해 혀를 날름거렸다.

"제발! 제발 힘내라고!"

내 응원이 새 둥지에게 가서 닿은 것일까?

김상수가 뒤를 돌아본 그 잠깐 사이에 새 둥지는 빠르게 달려 내려가 김상수를 앞질렀다. 자신의 오토바이로 김상수 앞을 막았다. 순간, 김상수의 얼굴이 심하게 일그러졌다.

"이, 이…… 이런! 말도 안 돼!"

김상수가 쾅, 쾅, 주먹으로 오토바이 몸통을 쳐 댔다. 새 둥지에게 졌다는 사실을 받아들이기 힘든 듯했다.

"진짜 승부는 지금부터라고!"

새 둥지의 목소리가 길을 가득 메웠다.

"뭐?"

김상수가 놀라 새 둥지를 쳐다봤다. 새 둥지가 오토바이로 김상수 앞을 가로막고 선 채 손 하나를 번쩍 들었다. 새 둥지의 손가락이 가리키는 곳에는 하늘 끝까지 이어져 있을 것만 같은 계단이 있었다. 폴리스맨의 집으로 올라가는 계단이었다.

"진짜 승부는 지금부터야. 저 계단을 먼저 올라가는 사람이 이 승부에서 이기는 거라고. 할 수 있겠냐?"

새 둥지가 김상수를 바라보며 외쳤다. 새 둥지의 말에 김상수가 씨익, 입꼬리를 말아 올리며 웃었다.

"지금 그 말, 진짜냐? 딴소리하면 죽는닷!"

새 둥지가 고개를 끄덕였다. 김상수가 오토바이에서 내려왔다. 둘은 계단 밑, 폴리스맨의 오토바이 옆에 자신들의 오토바이를 세웠다. 나도 질세라 달려 내려갔다. 그 옆에 내 자전거를 세웠다. 김상수와 새 둥지 앞에 가서 섰다. 내가 갑자기 튀어나왔는데도 두 사람 모두 그저 힐끗 곁눈질 한 번 하고는 다시 앞만 노려볼 뿐이었다. 마치 이 내기에 목숨이라도 건 것 같았다. 눈치를 보니 내가 시작 신호를 주어야 할 분위기였다.

"하나, 둘, 셋!"

내가 셋을 세자마자 김상수와 새 둥지가 계단을 뛰어 올라갔다. 나도 뒤따라 올라갔다. 겨우 중턱에 이르렀을 뿐인데 내 입에서는 신음이 새어 나왔다. 이마에서 흘러내린 땀이 눈앞을 가렸다. 땀으로 흠뻑 젖은 교복이 어깨를 짓눌렀다.

김상수의 숨소리가 들려왔다. 고개를 들어 위를 올려다보니, 김상수가 새 둥지보다 두세 계단 위에 있었다. 새 둥지는 연신 이마의 땀을 닦아 내고 있었다. 둘 다 거칠게 숨을 몰아쉬며 계단을 올라가고 있었다.
 '져도 좋으니까 끝까지 올라가라. 절대 포기하지는 마라.'
 나는 새 둥지의 엉덩이를 올려다봤다. 내 눈앞에서 흔들리는 새 둥지의 엉덩이는 살점이라고는 없어 빈약하기가 이를 데 없었지만 그 순간 내게는 그 빈약한 엉덩이야말로 이 세상에 존재하는 어떤 태양보다도 뜨거운 불덩이로 보였다.
 김상수가 헉헉, 거친 숨을 내쉬었다. 새 둥지도 헉헉, 거친 숨을 토해 냈다. 김상수가 정상을 몇 계단 앞에 남겨 두고 주저앉았다. 새 둥지가 손으로 계단을 붙들고 기어 올라가기 시작했다. 김상수가 헉헉, 거친 숨을 몰아쉬며 계단을 기어 올라가는 새 둥지를 올려다봤다.
 "뭐 저딴 게 있어……."
 김상수도 손으로 계단을 붙들고 위로 기어 올라가기 시작했다. 그 뒤를 따라 나도 기어 올라갔다. 숨이 차올랐다. 심장이 터질 것만 같다, 이대로 쓰러져 버릴 것만 같다고 생각한 순간, 바람이 불어왔다.
 정상이었다.
 눈앞에 새 둥지가 서 있었다. 양손을 허리에 얹고, 김상수를 향해 가슴을 활짝 편 새 둥지가 있었다.
 "자, 이거!"
 새 둥지가 김상수에게 보따리를 내밀었다. 폴리스맨의 제복이 든 보따리였다.

 "내가 이기면 너도 내가 원하는 거 하나 해 주기로 했지?"
 새 둥지의 말에 김상수가 손에 든 보따리를 내려다봤다. 보따리의 매듭 사이로 제복에 달려 있는 단추들이 보였다. 저녁 노을빛을 받아 붉게 빛나고 있었다. 김상수는 눈이 부신 듯 그것들을 내려다보다 시선을 돌렸다. 삐거덕 소리를 내며 덜컹거리는 대문을 바라봤다. 대문이 흔들거릴 때마다 폴리스맨의 집 마당이 보였다.
 마당 한편에 석유곤로가 있고, 그 옆으로 빗물을 담아 놓은 고무 다라이며 녹슨 철제 의자가 있었다. 철제 의자 위로 빨랫줄에 걸어 놓은 추리닝 바지가 바람에 나부끼고 있었다. 바람에 나부낄 때마다 추리닝 바지의 무릎 부분에 뚫려 있는 구멍이 크게 입을 벌렸다 다물었다.
 "뭐가 이따위야!"
 김상수가 보따리를 휘두르며 폴리스맨의 집 안으로 뛰어들어갔다. 예상 밖의 일이었다. 김상수는 곧장 마당으로 가더니 빨랫줄에 걸려 있던 구멍 난 추리닝을 확 잡아 뺐다.
 "노인네, 누가 이딴 걸!"

벌컥, 방문이 열리며 안에서 폴리스맨이 밖으로 나왔다. 마루에 서서 폴리스맨은 김상수를, 그 뒤에 서 있는 나와 새 둥지를 바라봤다.

"너, 너희들이 왜……."

폴리스맨은 말을 잇지 못했다. 김상수와 눈이 마주치자, 입고 있는 난닝구의 구멍 난 부분을 황급히 가렸다.

"누, 누가 이런 걸 입고 다니랬냐고!"

김상수가 폴리스맨의 구멍 난 추리닝을 마당 바닥에 집어 던졌다.

"에이, 진짜! 쪽팔려서……."

"쪽팔려? 그래, 쪽팔리게 해서 미안하다……."

폴리스맨이 어깨를 축 늘어뜨렸다. 등을 돌렸다. 그 등에 대고 김상수가 소리쳤다.

"쪽팔린다고! 진짜 쪽팔리니까…… 그러니까! 그러니까 다시! 다시 이거 입고 똥폼 잡고 다니란 말이야!"

김상수는 토해 내듯 말을 내뱉고는, 들고 있던 보따리를 폴리스맨의 발아래 내던졌다.

"이, 이놈이! 똥폼이라닛!"

폴리스맨이 김상수의 머리를 쥐어박았다. 김상수가 아얏, 소리를 내지르며 쥐어박힌 머리를 감싸 쥐었다.

"이놈아! 어른한테 뭘 드릴 땐 두 손으로 제대로 드려야지, 어디다 내던져? 다시 제대로 주지 못해?"

"에이, 진짜!"

김상수는 인상을 쓰면서도 내던졌던 보따리를 집어 들었다. 두 손으로 보따리를 받쳐 들고 폴리스맨 앞에 가서 섰다.

"받을 거야, 말 거야?"

"이놈이 그래도!"

폴리스맨이 또 김상수의 머리를 쥐어박으며 못 이기는 척, 김상수가 내민 보따리를 받아 들었다.

"아프냐?"

"그럼 아프지, 안 아파?"

김상수가 엄살을 떨었다.

"이놈이 엄살은!"

폴리스맨의 입가에 미소가 감돌았다. 참 오랜만에 보는 웃음이었다. 폴리스맨은 보따리를 든 채 나와 새 둥지를 바라봤다. 이걸 내가 다시 입어도 되겠느냐고 묻는 듯했다. 나와 새 둥지는 누가 먼저랄 것도 없이 고개를 끄덕였다.

폴리스맨이 보따리에서 제복 상의를 꺼냈다. 하늘로 번쩍, 들어 올려 먼지를 털었다. 주름을 펴고 팔을 끼워 넣었다.

폴리스맨이 제복 상의를 걸치고 물었다.

"폼이 나냣?"

"넷!"

"목소리 봐랏! 폼 나낫?"

"넷!"

우리는 있는 힘껏 대답했다. 김상수만 옆에서 "똥폼은!" 하고 토를 달았지만, 눈은 웃고 있었다.

"출동이닷!"

폴리스맨이 대문을 향해 앞장섰다.

김상수가 폴리스맨 뒤를 졸졸 따라가며 물었다.

"출동? 어디로?"

"어디긴 어디냐? 네놈 집이지! 내놔!"

폴리스맨이 김상수에게 손바닥을 내밀었다.

"내놔? 뭘?"

"뭐긴 뭐냐? 오토바이 키 내놔라! 지금 당장!"

"안 돼! 그건 진짜 못 내놔!"

"뭐? 못 내놔?!"

폴리스맨이 김상수의 귀를 잡아당겼다.

"집에 가기 싫단 말이야. 공부도 못하는데 맨날 공부해라, 공부해라! 내가 잘하는 거라곤 오토바이밖에 없다고!"

"이 녀석이! 그럼 네가 잘하는 걸 하면 되잖아?"

"쳇! 잘하는 걸 하라면서 키를 내놓으라고 하면 어떡해?"

"그래도 이 녀석이!"

폴리스맨이 김상수의 머리를 쥐어박았다. 김상수 머리에

서 텅 빈 수박 소리가 났다. 김상수가 아얏, 소리를 내며 머리를 감싸 쥐었다. 폴리스맨 앞에서는 김상수도 나나 새 둥지와 별반 다르지 않았다. M고의 소문난 문제아도 폴리스맨 앞에서는 여드름투성이 십 대일 뿐이라니!

앞쪽에서 폴리스맨의 목소리가 들려왔다.

"이놈이 속고만 살았나!"

김상수가 어린애처럼 묻고 있었다.

"정말? 정말 경찰 되면 원 없이 오토바이 탈 수 있어?"

"이놈이 진짜! 할애비 말을 못 믿으면 누구 말을 믿나! 단속하려면 오토바이가 짱이닷!"

그 말에 김상수가 씨익, 입꼬리를 말아 올리며 웃었다. 그러고는 폴리스맨 손에 오토바이 키를 건네줬다.

"집에 가면 할아버지가 나 대신 아빠한테 말해, 나 경찰시키라고. 알았지?"

"근데 이놈이 말끝마다 반말이야! 어른한테는 존댓말을 써야지!"

폴리스맨이 또 김상수의 머리를 쥐어박았다. 그러거나 말거나 김상수는 콧노래까지 흥얼거리며 앞장서서 계단을 내려갔다.

"하여간 나를 쏙 빼닮았다니까."

폴리스맨은 연신 혀를 찼지만, 그 얼굴에 웃음기가 가득했다. 손자를 바라보는 폴리스맨의 얼굴은 마냥 흐뭇하기만 했다. 그 얼굴에 대고 내가 물었다.

"저기요! 그런데 정말 꼴통도 경찰이 될 수 있어요?"

"뭐?"

폴리스맨이 내게 눈을 부릅떴다. 꼴통이란 말은 내가 너무 심했나? 그래도 뭐 M고라고 하면 꼴통일 게 뻔하잖아?

"너 지금 꼴통이라고 했냐? 꼴통은 내가 원조 꼴통이닷! 내가 이래뵈도 경찰 시험 일곱 번 떨어지고 여덟 번째에 붙은 위인이야! 헛험!"

"예? 일곱 번이나 떨어져요?"

폴리스맨은 내 말에 헛기침으로 응수를 하고는 빠르게 계단을 내려갔다. 나와 새 둥지는 서로 쳐다보며 혀를 찼다. 하여간 누구 할아버지 아니랄까 봐.

나는 폴리스맨을 따라 계단을 내려갔다. 계단을 올라올 때와는 달리 발걸음이 가벼웠다. 주머니에 손을 넣고 휘파람을 부는데 손에 뭔가가 만져졌다. 태극기였다.

승준의 위험을 알리는 신유의 전화를 받고, 폴리스맨과 함께 어둔 밤길을 최고 속력으로 달려갔던 날부터 내내 지니고 있던 태극기, 폴리스맨에게 되돌려 주기 위해 갖고 있던 태극기였다.

나는 우뚝, 멈춰 섰다. 다시 계단을 뛰어올라 갔다.

폴리스맨의 집 대문 옆, 빈자리가 눈에 띄었다. 나는 주머니 속에서 태극기를 꺼냈다. 순간, 새가 날개를 펼치듯 태극기가 내 손 안에서 하늘로 날아올랐다.

비어 있던 자리에 나는 다시 태극기를 꽂았다.

태극기가 바람에 퍼덕이기 시작했다.

"충성!"

왜 그 순간에 그 말이 나왔는지, 무엇에 충성을 하겠다는 건지, 나도 잘 몰랐다. 그 순간에 내 눈을 가득 채운 것은, 하늘을 붉게 물들인 저녁노을을 뒤로하고 저 혼자 힘차게 나부끼는 태극기뿐이었다.

"충성!"

어느새 옆에 다가온 새 둥지도 태극기를 향해 경례를 했다. 녀석의 부어터진 눈이 오늘은 전혀 밉지가 않았다. 나는 주머니 속에 손을 넣고 홀린 듯 태극기를 바라보는 새 둥지를 쳐다봤다. 녀석의 얼굴에 퍼지고 있는 미소를 누군가에게 꼭 보여 주고 싶었다.

신유에게 이 녀석이 소중하다면, 신유가 소중하게 생각하는 그 무엇을 나도 소중히 해 주어야 하지 않을까?

"야! 이승준! 하나만 물어보자."

"아프지 않게 물어라."

"너, 신유를 진짜 진지하게 생각하는 거냐?"

내 말에 새 둥지가 눈을 끔벅거렸다.
"진지? 뭔 진지? 내가 신유를 왜 진지하게 생각해야 되는 건데?"
"뭐라고!"
나도 모르게 새 둥지의 멱살을 잡았다.
"다시 한 번 말해 봐! 너 지금 신유를 갖고 놀았다는 거야, 뭐야?"
"미친놈! 야! 친구끼리 갖고 놀고 그런 게 어디 있냐?"
"친…… 구?"
"그래, 친구! 담벼락이든 하늘이든 아무 데나 같이 그림 그릴 수 있는 친구! 내가 진짜 좋아하는 걸 쪽팔려하지 않고 말할 수 있는 사이, 그게 친구 아냐?"
녀석의 멱살을 쥐고 있던 내 손에서 스르르, 힘이 빠져나갔다.
대체 난 지금까지 무슨 생각을 하고 있었던 건지…….
"그래! 그런 거잖아!"
나는 하늘을 향해 큰 소리로 외쳤다. 옆에서 새 둥지가 내 머리에 대고 손가락을 빙빙 돌렸다. 너, 완전히 사이코잖아, 하는 뜻이었다.
그러거나 말거나.
다시 계단을 내려가는데, 부르르, 진동이 왔다. 신유였다.

신유가 내게 전화를 걸어온 거였다. 그러나 아마 신유가 지금 간절히 듣고 싶어 하는 목소리는 내 목소리가 아니리라.

"자, 받아!"

나는 새 둥지에게 휴대폰을 건네줬다. 그리고 서둘러 계단을 내려왔다. 얼마 되지 않아 계단 위쪽에서 "까꿍!" 하는 소리가 들려왔다.

"이승준, 너란 녀석은 진짜!"

나는 고개를 내저었다. 처음엔 이승준 때문에 고개를 내저었지만 나중에는 이승준의 까꿍 소리에 웃고 있는 나 자신이 신기해서 고개를 내저었다. 계단을 내려가 언덕을 올려다보니, 어느새 계단을 내려간 폴리스맨이 자신의 뒷자리에 김상수를 태우고 언덕을 달려 올라가고 있었다. 그들이 달려 올라가는 길 옆으로 담벼락에 노란색 크레파스로 그려 놓은 수많은 화살표들이 그 뒤를 함께 달려가고 있었다.

창으로 쏟아져 들어오는 아침 햇살. 창밖에서 들려오는 새소리…… 햇살? 햇살이라고? 대체 지금이 몇 시야? 벌써 해가 떴다는 거잖아?

"지각이닷!"

이불을 박차고 일어섰다.

"야, 윤현상! 안 일어나? 엄마는 너 때문에 꼭두새벽부터 일어나서 도시락을 세 개나 싸고 있는데 늦잠을 자?"

용 여사는 아침부터 또 시작이었다. 나는 후다닥 주방으로 달려갔다. 식탁 위에 도시락 통이 가지런히 올려져 있었다. 나는 용 여사의 허리를 와락 껴안았다.

"어머머! 징그럽게 이게 뭐 하는 짓이야!"

용 여사가 팔짝 뛰었다. 그러거나 말거나, 나는 용 여사의 허리를 더 꽉 끌어안았다.

"너, 혹시 시험 못 봤냐? 이상하게 안 하던 짓을 하고."

식탁 앞에 앉아 있던 아빠가 고개를 내저었다. 벌겋게 충혈된 눈을 보니, 보나마나 지난밤에도 늦게까지 회식 자리에 끌려다니다 들어온 게 뻔했다.

"이상하긴 뭐가 이상해요? 아들이 엄마한테 애교 좀 부릴 수 있지. 안 그래, 내 강아지?"

용 여사가 아빠한테 눈을 흘기며 내 엉덩이를 토닥토닥 두드렸다.

"엄마! 내가 어린애야? 다 큰 아들 엉덩이를!"

나도 모르게 엄마 손을 뿌리쳤다. 그랬더니 웬걸? 당사자인 엄마보다 아빠가 더 난리였다.

"현상이 너, 엄마가 아들 엉덩이 좀 만질 수도 있지! 부모 눈엔 육십 넘은 자식도 무조건 애로 보이는 거야. 좀 컸다고 엉덩이도 못 만지게 하면 엄마 상처 받는다. 우리 용 여사가……."

아빠는 여기서 잠깐 말을 멈췄다. 한참 뜸을 들이다 들릴 듯 말 듯한 목소리로 말했다.

"용 여사가 얼마나 마음이…… 여린데……."

그렇게 말하며 아빠가 은근슬쩍 용 여사의 손을 잡았다. 엄마 손을 잡는 아빠 모습이 영 어색해서 나도 모르게 웃음이 나왔다. 용 여사는 용 여사대로 아빠가 손등을 쓰다듬자 "어머머!"를 연발하며 주걱을 휘두르기 시작했다. 용 여사의 "어머머!" 소리에 아빠는 또 얼른 잡고 있던 용 여사 손을 놓았다. 멋쩍은지 괜히 머리를 긁적였다.

"아니, 오늘 무슨 날이야? 부자가 작당을 하고 나를 놀리는 거야, 뭐야? 현상이한테 뭐라고 하더니 당신이야말로 왜 안 하던 짓을 하고 그래요? 밥이나 빨리 먹고 출근해요, 출근!"

용 여사가 주걱을 휘두르자, 아빠는 얼른 다시 국에 만 밥을 퍼먹기 시작했다.

"오늘따라 북엇국 끝내주네. 한 그릇 더 줘."

국그릇에 시선을 고정한 채 아빠가 말했다. 그러고는 영 어색한 폼으로 엄마한테 국그릇을 내밀었다. 엄마는 눈을 흘기면서도 얼른 국 한 그릇을 더 퍼 왔다. 아빠가 얼른 또 국에 밥을 말면서 헤— 하고 엄마에게 미소를 지었다. 나직하게 "맛있다."를 연발하기까지 했다. 나와 눈이 마주치자, 아빠는 민망한지 내 시선을 피하며 쩔쩔맸다. 그러다 스스로 생각해도 어이가 없는지 피식 웃는 거였다. 나 역시 '안 하던 짓'을 하느라 애쓰는 아빠의 조금은 바보 같은 모습에 반쯤 넋이 나가 있다가, 피식, 웃고 말았다.

뭐 하나 변변히 내세울 만한 것이 없어 늘 등을 구부리고 다니는 중년의 남자, 그래도 가장의 책임을 다하려고 늦은 밤까지 일을 하는 중년의 남자, 술 마신 다음 날 아내가 끓여 주는 국 한 그릇에 감동하는 중년의 남자, 남들처럼 많은 돈을 벌어 주지 못해 아내에게 큰소리 한번 못 치지만 실은 그 누구보다도 아내를 아끼는 중년의 남자, 그래도 내 자식만큼은 나보다 나은 삶을 살기를 바라는 대한민국의 평범한 가장!

이 평범한 가장을 바라보다 나는 나도 모르게 "아빠!" 하고 외쳤다.

아빠가 나를 쳐다봤다.

"아빠!"

내가 다시 부르자, 아빠는 눈을 껌벅이며 무심한 듯 "왜?" 하고 되물었다.

아빠가 나를 빤히 쳐다보자 내 입에서는 나도 생각하지 못했던 말이 튀어나왔다.

"내일 아침부터 나랑 약수터로 물 뜨러 가요!"

"어?"

"뜬금없이 그게 무슨 말이야?"

엄마와 아빠가 눈을 동그랗게 뜨고 물었다. 나도 눈을 동그랗게 뜨고 엄마와 아빠를 쳐다봤다. 정말이지 나, 대체 왜 이런 소리를 한 거야?

"그러니까 그게……. 건강한 몸에 건강한 정신이 깃든다! 아무튼 각오하셔욧!"

나는 허둥지둥 도시락을 집어 들었다. 아빠의 "어어?" 소리를 뒤로하고, 서둘러 자전거에 올라탔다. 왜 뜬금없이 그런 말이 튀어나왔는지 모르지만, 어쨌든 내일 아침부터는 아빠와 약수터에 갈 거라는 생각을 하자 괜히 웃음이 나왔다.

"동작 봐랏!"

교문 앞에 당도하기도 전에 고함 소리가 들려왔다. 짧게 밀어 올린 머리, 금테로 된 검은 선글라스, 당장이라도 옷을 찢고 나올 듯이 팽팽히 부풀어 오른 앞가슴, 휘어진 코, 손등 위로 툭 불거져 나온 힘줄들. 앞문을 등지고 선 사내는…… 폴리스맨이었다.

폴리스맨이 교문 옆에 쪼그려 앉은 녀석들을 뒤로하고 나를 보고 있었다. 폴리스맨은 검은 선글라스를 쓰고 있었는데도 그 눈동자가 누구에게 와서 꽂히는지 확연히 느낄 수 있었다. 검은 유리도 뚫어 버리는 강렬한 눈빛이 내게 와서 멎었다.

나는 헉, 하고 숨을 들이마셨다. 너무 놀라 재채기까지 할 뻔했다.

호루루루! 호루루!

"단추 안 채우낫!"

"넷?"

갑작스런 호통에 놀라 내 교복을 내려다봤다. 교복 단추를 하나도 채우지 않고 있었다.

"지각에 복장 불량 추가! 오리걸음 다섯 바퀴 실시!"

"아니, 그게 지각 안 하려고 서두르다 보니……."

"말이 많다! 오리걸음 실시!"

호루루루!

폴리스맨이 운동장을 가리켰다. 운동장에는 벌써 몇몇 아이들이 오리걸음을 하고 있었다. 오리걸음을 하는 아이들의 머리통 위로 낯익은 얼굴이 하나 튀어 올랐다. 위로 삐죽삐죽 솟아오른 머리, 새 둥지였다. 새 둥지가 나한테 손을 흔들었다.

호루루루!

"어이, 거기 너! 벌 받다 무슨 짓이냐? 오리걸음 한 바퀴 더 추가!"

폴리스맨이 새 둥지에게 눈을 부릅떴다.

"쳇."

나는 천천히 운동장을 향해 걸어갔다. 내 앞에서는 온갖 낙오자들만 모인 이 K고에서도 진정 낙오자가 된 녀석들이 오리걸음을 하고 있었다. 그런데도 나는 웃으며 녀석들 틈으로 끼어들어 갔다.

"야! 너, 어젯밤에 또 몽정했지? 자식, 벌 받으면서도 히죽거리는 걸 보니 완전 죽이는 거였냐?"

"내가 너냐? 이 형님은 지금 너 따위는 절대로 알 수 없는 철학적인 깨달음을 얻었다 이 말이지."

"철학적인 깨달음? 그거 누구네 집 개 이름이냐? 짜샤, 내가 누구냐. 몽정은 내가 일가견이 있걸랑. 내가 좀 성숙하잖냐. 얼굴만 봐도 척이야. 처음 했을 때가 5학년 땐가……."

새 둥지 녀석이 내 옆에 쪼그려 앉아 지껄이기 시작했다.

호루루루!

"거기 1학년 둘! 죽고 싶낫? 누가 벌 받으면서 자꾸 떠드낫? 엉!"

어느새 가까이 다가온 폴리스맨이 새 둥지와 내 머리를 쥐어박았다.

"아얏! 왜 때려요? 나는 한마디도 안 했는데!"

나는 머리를 감싸 쥐며 투덜거렸다. 그랬더니 폴리스맨이 내 얼굴 앞으로 바짝, 자신의 그 큰 얼굴을 들이밀었다.

"불만 있낫?"

순간, 폴리스맨의 입에서 나온 침들이 고스란히 내 얼굴로 튀었다.

"불만 있냐고 물었닷!"

있다고 하면 엄청난 침 세례를 받을 게 뻔했다.

나는 얼른 대답했다.

"없습니닷!"

"으흠."

폴리스맨의 입술 사이로 그르렁거리는 소리가 새어 나왔다. 마음에 들었다는 뜻일까? 폴리스맨은 짧게, 잘했다는 뜻으로 내 어깨를 탁, 탁, 탁, 세 번 두드렸다. 그러나 그 짧은 세 번의 두드림이 내게는 엄청난 고통이었다.

"으아악!"

내 입에서는 나도 모르게 비명이 터져 나왔다.

"으흠?"

폴리스맨이 눈썹을 추켜 올렸다. 천천히 오른팔을 들어 올렸다. 들어 올린 오른팔로 천천히 검은 선글라스를 벗었다. 천천히 어금니를 악물고 외쳤다.

"훌륭한 정신은 건강한 육체에만 깃든다! 오늘부터 약골 개조 훈련 실시닷! 방과 후에 집결!"

호루루루!

폴리스맨의 호루라기 소리가 길게 운동장에 울려 퍼졌다. 그 소리에 이제 막 교문 안으로 들어서던 영어 선생은 놀라 움찔거리며 빠르게 교무실을 향해 걸어갔다.

"하여간 구제불능이라니까."

영어 선생의 혀 차는 소리가 들려왔다.

그러거나 말거나 폴리스맨은 "동작 봐랏!"을 외쳤고, 나는 오리걸음을 하며 앞으로 나아갔다.

나는 내 앞에서 엉덩이를 실룩거리며 앞으로 나아가고 있는 K고 아이들을 바라봤다. 모두들 우스꽝스러운 자세로 힘겹게 오리걸음을 하고 있지만, 그러나 한 가지 확실한 사실은 우리가 함께 앞으로 나아가고 있다는 사실이다.

비로소 나는 내가 왜 그토록 영어 단어를 열심히 외웠는지, 까맣게 잊고 있었던 기억을 떠올릴 수 있었다.

"엄마 인생엔 너밖에 없어. 네가 성공해야 엄마도 목에 힘 주고 한번 살아 볼 거 아냐?"

어린 시절, 엄마는 나를 다그쳤다. 어디에 내놔도 부끄럽지 않은 자식이 되라고 강요했다. 항상 1등을 해야 하고, 항상 타의 모범이 되어야 하고, 특목고에 들어가야 하고, 반드시 명문대에 진학해야만 한다고 강요했다. 그래야 이 치열한 경쟁 사회에서 살아남을 수 있으니까.

그러나 나는 약육강식의 세계에서 살아남기 위해서 영어 단어를 외운 것은 아니었다. 남을 제치고 위로 올라가기 위해 영어 사전을 펼치곤 했던 것은 아니었다. 엄마를 위해 영어 단어를 외운 것도 아니었다. 내가 어린 시절부터 하루의 대부분을 영어 공부에 바친 것은…… 그냥 좋았기 때문이다. 사전을 찾아 모르는 단어의 뜻을 발견해 내는 것이 즐거웠다. 모르는 단어를 찾는 것은 나에게는 누군가 땅속 깊은 곳에 숨겨 놓은 보물을 찾는 일이었다. 모르는 단어를 찾아 문장의 뜻을 해석하고 나면, 기뻤다. 내가, 바로 내가 나 혼자서 해냈다는 기쁨이 나를 사로잡았다. 사전과 씨름하는 그 순간만큼은 내가 내 삶의 주인일 수 있었다. 엄마가, 또는 아빠가 제시하는 대로 끌려다니지 않고 오로지 나 혼자서, 내 힘으로, 미로 속에서 새로운 길을 찾아낼 수 있었다.

"그림은 좋으니까 그리는 거야."

어디선가 신유의 목소리가 들려오는 것만 같았다.

어떻게 그 사실을 잊고 있었을까?

나는 특목고에 가려고 영어 단어를 외운 것이 아니었다.

좋으니까…… 그뿐이었다.

그래, 내 자리는 바로 여기다.

지금의 내가 맞서 싸워야 할 자리가 바로 여기다!

나도 모르게 두 주먹을 불끈 쥐었다. 하늘을 향해 주먹 쥔 손을 번쩍 들어 올렸다. 교문을 향해 걸어가던 폴리스맨이 홱 뒤를 돌아봤다. 천천히 오른팔을 들어 검은 선글라스를 벗어 들었다. 그러고는 내게 한쪽 눈을 찡긋해 보이는 것이었다. 순간, 폴리스맨의 이마에서 왼쪽 눈 옆으로 깊게 파여 있는 칼자국도 함께 씰룩거렸다.

"어……."

나는 두 손을 번쩍 든 채, 넋이 나가 버렸다. 그러니까 폴리스맨의 웃는 얼굴은 차라리 안 보는 게 나았다는 얘기다, 내 말은.

"그 표정은 뭐냐? 기껏 웃어 줬더니, 원."

폴리스맨이 다시 선글라스를 고쳐 썼다. 그러고는 언제 웃었냐는 듯이 허리에 두 손을 얹고 나를 향해 크게 눈을 부릅뜨는 것이었다.

"오리걸음 세 바퀴 추가!"

작가의 말

소설을 쓰다 보면, 가끔 이렇게 말씀하시는 분들을 만나게 됩니다.

"내 얘기를 써. 장편 소설 몇 권은 나올 거야."

그렇게 자신이 살아온 이야기를 풀어 놓는 분들은 대개 굴곡이 많은 인생을 살았더군요. 불행한 삶을 살았더군요. 불행했으므로 후회와 한이 응어리져 있더군요.

가만히 그분들의 이야기에 귀를 기울이고 있다 보면, 제 가슴속에서는 늘 물음표 하나가 솟아오르곤 했습니다.

'왜 그분들은 그토록 불행한 삶을 살아야 했던 걸까?'

한동안 저는 이 물음표를 곱씹으며 끙끙 앓기도 했지요. 그러다 알게 되었습니다. 그분들이 왜 그토록 불행했는지…….

불행한 삶을 살았고, 지금도 어쩔 수 없이 불행한 삶을 견디며 살고 있다고 생각하는 어른들에게서 저는 한 가지 공통점을 발견했습니다.

그분들에게는 "네가 잘하는 걸 하면 되잖아?"라고 말해 주는 어른이 옆에 없었다는 점입니다. 즉, 청소년 시절에 내가 가장 잘할 수 있는 일, 내가 좋아서 할 수 있는 일을 하라고 격려해 주는 어른을 만나지 못했다는 것입니다.

이 소설, 《폴리스맨, 학교로 출동!》의 주인공인 현상이 역시 폴리스맨을 만나지 못했다면 과연 어떤 어른으로 자라게 되었을까요? 생각만으로도 소름이 돋습니다.

현상이 역시 이 시대의 많은 청소년들처럼 어려서부터 '내가 좋아하는 일'이나 '내가 가장 잘할 수 있는 일'보다는 '반드시 해야만 하는 일'이나 '싫어도 어쩔 수 없이 이루어야만 하는 일'을 강요당하면서 하루 중 대부분의 시간을 보냅니다. 명문대에 진학하기 위해 특목고에 가야만 하고, 특목고에 가기 위해 영어 단어 암기와 과외와 학원 수업에 거의 모든 시간을 쏟아붓지요. 그렇게 오랜 시간을 지내다 보니, 나중에는 어른들이 강요하는 꿈, 어른들이 설계해 주는 미래마저도 자신이 원한 것인 양 착각하기에 이르고 맙니다.

그리고 좌절하고 맙니다.

누구나 좌절할 수 있습니다.

그러나 누구나 좌절을 통해 성장하는 것은 아닙니다.

이 소설,《폴리스맨, 학교로 출동!》의 주인공인 현상이는 좌절합니다. 이루고자 했던 꿈, 그 꿈이 실은 스스로가 원했던 삶이 아니었기 때문입니다. 그런 까닭에 이제부터 무엇을 꿈꿔야 하는지, 이제부터 어떻게 살아야 하는지, 막막하기만 하지요. 단 한 번도 내가 무엇을 원하는지, 내가 어떤 삶을 살기를 원하는지, 내가 무엇을 좋아하는지, 스스로에게 물어본 적이 없기 때문이지요.

이런 현상이 앞에 폴리스맨이 나타납니다.

현상이가 다니는 학교에 배움터 지킴이로 온 전직 경찰관!

언제 헐릴지 알 수 없는 낡은 집에 살며 구멍 난 난닝구와 구멍 난 추리닝 말고는 달랑 제복 한 벌뿐인 노인네!

과연 이 전직 경찰관과의 만남을 통해 현상이는 무엇을 보게 되고, 무엇을 깨닫게 되는 걸까요?

얼마 전, 제게 소설을 배우고 있는 제자가 졸업을 했습니다. 나이가 예순을 넘어 이제 일흔을 앞둔 늙은 제자가 졸업장을 가슴에 꼭 끌어안고 눈물을 글썽거렸어요.

"시집살이가 말도 못했어요. 시어머니가 너무 무섭고, 나이 많은 남편이 무서워서 말 한마디 제대로 못하고 살았는데, 그때 유일한 낙이 라디오에서 해 주는 라디오 극을 듣는 거였지요. 부엌에서 밥하면서, 방에 불 넣으면서 몰래 그 라디오 극을 들으며 저도 꿈을 품은 거예요. 글은커녕 낫 놓고 기역 자도 모르는 주제에 얼토당토않은 꿈을 갖게 된 거예요. 언젠가는 나도 소설을 써야지……. 남들은 그래요. 다 늙어서 무슨 소설을 쓰냐고요. 그러면 제가 그래요. 나 좋아서 하는 일에 나이가 어디 있느냐고요."

그날, 백발이 성성한 늙은 제자의 말을 들으며 저는 몇 번씩이나 고개를 끄덕거렸습니다. 그리고 오래도록 늙은 제자의 얼굴을 들여다보고 또 들여다보았어요. 참 이상한 건, 내가 좋아서 하는 일, 내가 가장 잘 할 수 있는 일을 하고 있는 사람의 얼굴은 아무리 오래 들여다봐도 질리지 않는다는 거였어요.

이 소설,《폴리스맨, 학교로 출동!》을 쓰면서, 저는 작은 바람을 갖게 되었습니다. 이 소설을 읽고 난 뒤에 여러분들의 얼굴이, 그리고 여러분들이 먼 훗날 어른이 되었을 때의 얼굴이 그날의 제 늙은 제자의 얼굴처럼 아무리 오래 들여다봐도 질리지 않는 얼굴, 행복한 어른의 얼굴이기를 말이지요.

그러니까, "얘들아, 네가 가장 잘 할 수 있는 일, 네가 가장 행복할 수 있는 일을 하렴!"

2010년 10월
이명랑

추천의 말

 세상이 나를 중심으로 돌아간다면 얼마나 좋을까. 나와 부모님이 원하는 게 같다면 얼마나 좋을까. 학교에서 우리가 행복할 수 있다면 얼마나 좋을까. 우등생이 아니라도 어깨를 펼 수 있다면 얼마나 좋을까.
 그러나 현실과 바람 사이에는 태평양만 한 간극이 있다. 엄연하고 냉정하며 때로 부당하고 부조리한 간극이다. 소설은 이 지점에서 이야기를 시작한다. 주인공, 윤현상이 자기 안의 모범생을 향해 주먹을 날리는 첫 장면은 게릴라처럼 부딪혀 오는 세상과의 한바탕 전투로 발전해 간다. 이 과정에서 적군인 줄로 알았던 새 둥지와 폴리스맨은 어느덧 동행자이자 원군이 되고 마침내는 모두 함께, '여기, 바로 이 자리'에 도착한다.
 이 소설의 개성은 생각만 하는 인물이 아닌, 행동하는 인물들을 주 엔진으로 삼는 성장 스토리라는 데 있을 것이다. 실감나게 묘사된 일상의 풍경, 비상구를 모색하는 인물들의 치열한 고민과 애잔한 가족사는 이야기에 다양한 색과 추동력을 보탠다.

랩 음악처럼 톡톡 튀는 구어체 문장은 첫 장부터 얼을 쏙 빼놓는다. 작가가 구축해 가는 힘 있는 세계는 우리의 발목을 족쇄처럼 묶어 놓는다. 이 족쇄를 겁낼 필요는 물론, 없을 것이다. 어깨 힘 빼고, 허리띠 느슨하게 풀고, 유쾌하고 따뜻하고 활기찬 이야기를 원 없이 즐기면 된다. 그리 어렵지 않다. 좌충우돌, 우당탕탕, 제트 엔진을 장착한 오토바이처럼 목적지를 향해 신나게 질주하는 이야기에 엉덩이만 슬쩍 걸치시라. 덤으로 허를 찔러 오는 유머에 겨드랑이가 시종 간질간질해지는 경험을 하게 될 테다.

하나 고백하자면, 이야기가 끝나 갈 무렵에 이르자 용 여사 때문에 배가 아팠다. 나는 아들에게 과외를 강권한 적도 없고, 우등생을 요구한 적도 없는 '착하게 살자' 표 엄마인데……. 왜 내 아들에게 백 허그를 당해 본 적이 한 번도 없느냔 말이지. 세상은 늘 불공평하다.

정유정(작가)